일의 기쁨과 슬픔

일의 기쁨과 슬픔

장류진 소설집

창비

차례 ————

잘 살겠습니다

회사 사람들에게 청첩장을 돌리기 전에 예상했던 어려움은 이런 거였다. '이걸 왜 나한테 줘?' 하는 눈빛을 받는 것에 대한 두려움. 그래서 최대한 보수적으로 돌리기로 마음먹었다. 정말 가까운 사람에게만 청첩장을 주기로 했고, 줄까 말까 싶으면 안 주는 쪽으로 하객 명단을 만들었다.

　'왜 나는 안 줘?' 때문에 곤란해질 것이라고는 생각지도 못했다. 하물며 그렇게 묻는 사람이 빛나 언니일 줄이야. 빛나 언니라니. 지난 몇년간 머릿속에 떠올려본 적조차 없는 이름이었다. 모두의 예상과는 달리 언니는 꽤 오래 회사에 다니고 있었다.

　빛나 언니가 메시지를 보내온 건 지난주 수요일 퇴근 무렵이었다. '구재랑 결혼한다며?'로 시작된 메시지는 '동기 커플 1호 탄

8

생!'이라는 호들갑에 이어 '왜 나한테는 이야기 안 했어' '서운하다' '빨리 청첩장을 달라'는 투정 조의 요청으로 줄줄이 이어졌다. 이 언니랑 나랑 이렇게 친했나 싶어 대화창을 올려보니 마지막으로 나눈 대화가 무려 삼년 전이었다. 삼년 동안 아무 교류가 없었는데 이제 와서 왜? 하는 생각이 들었다. 구재와 내가 하객 명단을 만들 때 세운 기준은 '이 사람이 결혼한다면 내가 기꺼이 결혼식에 갈 것인가?'였고 그 기준에 빛나 언니는 전혀 부합하지 않았기 때문에 청첩장을 줄지 말지 고민조차 하지 않았다. 먼저 달라는 사람한테 안 줄 수도 없고, 그렇다고 구태여 이 언니를 위해 따로 시간을 내기는 싫고 해서 나는 이렇게 대답했다.

언니, 안 그래도 이번 주 금요일에 동기들 몇몇 모여서 술 마시기로 했어요. 그때 나눠줄 테니까 와요. 오랜만에 다 같이 얼굴도 볼 겸.

속뜻은, 너랑 나랑은 단둘이 볼 사이는 아니고 동기 그룹으로 묶어서 퉁 치겠다는 말이었다. 사실 동기 모임에도 부를 생각이 없었지만 어쩌다 이야기가 나오게 됐으니 오라고 한 것일 뿐이었다. 그런데 언니는 눈치도 없이 이렇게 말했다.

금요일? 내가 금요일엔 선약이 있는데.

내가 '그럼 안 되겠네요' '아쉽네요'라고 채팅창에 입력하고 엔터키를 누르려던 순간, 언니의 메시지가 또다시 도착했다.

우리 둘은 따로 봐야지. 다음 주 화요일이나 수요일 점심 어때?

이 언니는 친하지도 않은 내 청첩장이 왜 그렇게 받고 싶은 걸까. 그렇다고 구재랑 친한 건 더더욱 아닌데. 주말에 결혼식 다니는 거 귀찮지도 않나? 이해할 수가 없었다. 내가 화요일과 수요일 둘 다 안 된다고 하자, 언니는 다시 목요일과 금요일 중에 고르라고 했다. 금요일은 결혼식 이틀 전이었으므로 얼떨결에 목요일을 골랐다. 이로써 나는 결혼식 사흘 전까지 청첩장 약속을 잡은 사람이 되었고, 하객 한명을 추가로 얻었으며, 청첩장 한장과 점심시간 한시간, 그리고 밥값 만오천원가량을 소비하게 될 예정이었다.

나와 구재는 사개월째 이어지고 있는 결혼준비의 막바지 단계로 한창 바쁜 나날을 보내고 있었다. 예식 당일 식사를 뷔페로 할지 코스로 할지, 꽃장식 옵션을 A로 할지 B로 할지, 웨딩사진의 원본과 보정본을 몇장이나 받을지 등등. 결혼준비는 매일매일 선택해야 하는 일들의 연속이었고 그 와중에 전셋집도 구하러 다니고 신혼여행도 준비해야 했다. 이토록 정신없는 사개월을 보낸 끝에 가장 정신없는 청첩장 배포 단계에 와 있었다. 매일 점심 저녁으로 사람들을 만나 인사하고 밥을 사야 했다. 그러면서 틈틈이 남은 세부사항들, 이를테면 축가 MR 음원이라든지 답례떡 픽업 시간 같은 것들을 계속 체크해야 했다. 언니는 결혼식 일주일 전의 예비부부가 얼마나 경황없는지 모르는 모양이었다. 이럴 때는 말로 축하해주고 눈치껏 신혼여행 다녀와서 보자고 하는 센스도 필요하다. 빛나 언니는 모르는 게 너무 많았다.

회사 근처에 새로 생긴 일본식 덮밥집에서 빛나 언니를 만났다.

거의 삼년 만이었다. 같은 회사여도 규모가 제법 큰데다 다른 층에서 근무했기 때문에 일로 엮이지 않는 한 마주치는 일이 좀처럼 없었다. 메뉴판을 골똘히 들여다보던 언니는 에비동을, 나는 사케동을 주문했다. 음식이 나오자 언니가 안 그래도 큰 눈을 더 크게 뜨면서 말했다.

"우와, 여기 새우 진짜 많이 준다."

나는 언니 앞에 놓인 그릇을 건너다봤다. 아래 깔린 밥이 보이지 않을 정도로 새우튀김이 빼곡했다. 하나, 둘, 셋…… 보이는 것만 해도 여섯개였다. 언니는 활짝 웃더니 손뼉까지 짝짝 소리가 나게 쳤다.

"이렇게 새우 많이 주는 데는 처음 봤어. 여기 너무 좋다, 그치?"

나는 좀 의아한 마음이 들었다.

"언니가 특 에비동 시켜서 그런 거잖아요."

"응?"

스페셜 메뉴판에 있는 특 사이즈를 언니가 콕 집어서 시킨 것이었다. 그걸 보고 나도 특 사케동이 먹고 싶어졌지만, 지난 주말 본식 드레스 가봉 때 앞으로는 살이 찌거나 빠져서는 안 된다는 당부를 들어서 일반 사케동으로 시킨 거였다.

"특으로 시킨 거 아니었어요? 원래 많이 나오는 거."

"아 참, 그렇지."

언니는 긴 생머리를 양손으로 한데 모아 잡더니 한쪽 방향으로 다시 늘어트리면서 말했다.

"너무 많아서 다 먹을 수 있으려나 몰라."

그러더니 날 한번 바라보고 무구하게 웃었다. 어쩐지 가슴 한구석이 답답해졌다. 언니랑 마주 앉아 있을 때면 곧잘 느끼게 되는 감정이었다. 잊고 있었는데 오랜만에 다시 갑갑증이 나기 시작했다.

빛나 언니는 뭐랄까, 전혀 언니 같지 않았다. 키도 늘씬하게 크고 눈도 크고 입도 큰 화려한 외모와는 어울리지 않게 목소리는 묘하게 애 같은 면이 있었다. 아무래도 직장 생활에 어울리는 말투는 아니었다. 그리고 저 길고 긴 머리. 어떻게 좀 안 될까? 일반적인 긴 머리가 아니라 거의 엉덩이까지 올 정도로 기이하게 긴 머리였다. 보고 있으면 머리가 저렇게까지 길 필요가 있나? 하는 생각이 들었다. 회사 사람들은 빛나 언니를 '총무과 라푼셀'로 불렀다. 아침마다 한시간씩 고데기로 머리를 펴고 출근한다는 소문도 있었다. 새우튀김을 입에 문 언니의 입술에, 머리카락에, 윤기가 자르르르…… 나는 빨리 식사 자리가 끝나기만을 바랐다.

다행히 빛나 언니는 먹는 속도가 빨랐다. 너무 많아서 다 먹을 수 있을까 걱정하더니 어느새 밥알 한톨 남기지 않고 그릇을 싹 비웠다. 내가 준비해둔 청첩장을 건네자 언니는 "축하해"라고 외치면서 청첩장을 한참 살폈다. 그러더니 이내 눈을 흘기면서 물었다.

"세상에. 언제부터 둘이 그렇게 몰래 만났대?"

"한 삼년 됐나?"

"어머. 왜 나는 눈치를 못 챘지?"

눈치를 챌 수가 없었을 것이다. 회사에서 구재와 나의 사내 연애

사실을 아는 사람은 단 한명도 없었다. 그만큼 철저하게 행동했다. 구재보다는 내 쪽에서 더 적극적으로 원한 비밀연애였다. 같은 층에서 일하면서도 구재와 대화는커녕 눈도 마주치지 않았고 결혼 사실도 한달 전에야 오픈해서 모두를 깜짝 놀라게 했다. 언니가 내 청첩장을 다시 이리저리 살펴보더니 잠깐 머뭇거리다 입을 열었다.

"사실, 나도 결혼하거든."

그러면 그렇지. 결국 이것 때문이었어? 언니가 나를 그렇게까지 만나고 싶어한 이유가 뭔지 그제야 알 것 같았다.

"결혼준비 어떻게 시작해야 해? 너무 어려워. 식장도 어디 해야 할지 잘 모르겠고. 너처럼 하우스웨딩 스타일로 하고 싶은데."

언니가 한쪽 어깨에 걸쳐 있던 머리카락을 한데 모아 다시 반대쪽으로 내리면서 말을 이었다.

"스튜디오, 드레스, 메이크업 이런 거, 나 하나도 모르겠어. 너한테 좀 배워야겠어."

이러려고 바쁜 사람 불러냈나 싶어서 살짝 힘이 빠졌다. 하지만 결혼준비를 시작할 때 느끼는 필연적인 막막함에 대해서라면, 겪어봐서 알기 때문에 최대한 친절해지기로 마음먹었다. 나는 지난 사개월간의 준비 과정을 핵심만 압축적으로 전달했다. 언니는 내가 팁을 전수할 때마다 눈을 반짝이며 고개를 크게 끄덕였고, 모든 프로세스와 다양한 옵션을 정리한 엑셀 파일을 보내주겠다고 하자 테이블 위에 놓인 내 손을 덥석 잡기까지 했다.

*

　예전에도 언니와 단둘이 밥을 먹은 적이 한번 있었다. 신입사원 연수가 끝나고 막 부서 배치를 받았던 오년 전이었다. 당시 나는 살벌한 취업난을 뚫고 합격 통보를 받았을 때와는 달리 약간 기분이 상해 있었는데, 원하던 부서에 가지 못했기 때문이었다. 입사 동기가 열다섯명이었는데 해외영업, 마케팅, 전략, 상품기획팀 등 모두들 가고 싶어하는 곳의 티오는 한정적이었다. 주요 부서에는 어쩐지 죄다 남자 동기들이 가버렸고 나랑 빛나 언니를 비롯한 대부분의 여자 동기들은 백오피스 위주로 배치되었다. 물론 핵심 부서에 간 경우도 있었다. 북경대, 그리고 서울대 나온 언니가 각각 원하던 해외영업과 상품기획팀으로 갔다. 나는 경영지원팀으로 배치되었는데 그중에서 핵심인 ERP과에서 일하게 되었다고는 하지만 백오피스는 백오피스였다. 더 우울한 것은 나와 같이 경영지원팀에 배치된 동기가 빛나 언니라는 사실이었다.

　신입사원 연수를 받는 동안 나는 빛나 언니보다는 내가 훨씬 능력 있다고 생각해왔다. 우리가 같은 여대 출신인 건 사실이었지만 빛나 언니는 삼수생인데다 졸업하고 취업준비를 일년이나 더 하는 바람에 나보다 세살이나 많았다. 내가 일학년 때부터 대기업 취업을 목표로 삼고 대외활동과 스펙 쌓기에 열을 올려 화려한 이력을 가진 것과는 달리 빛나 언니는 그 흔한 단기 인턴 경력조차 없었다.

　그러던 차에 인사팀의 공지 메일을 받게 된 것이었다. 경영지원팀에 출근한 지 딱 이주째 되던 날이었다. 제목은 '마케팅팀 트랜스퍼 지원자 모집'이었다. 부서별 경쟁력을 강화하기 위해서 사내 이동이 장려되던 시기였고, 서로 인력을 뺏고 뺏기는 일이 발생한다고 연수 때 들은 적이 있었다. 메일은 '최근 일인 가구의 증가로… 간편식 시장이 확대됨에 따라… 공격적인 마케팅이 요구된다고 판단하는바…'와 같은 내용이었고, 마케팅팀에서 두명의 티오가 발생했다는 정보와 함께 '사우 여러분들의 많은 지원 바랍니다'라는 문장으로 마무리되어 있었다. 그 '사우 여러분'에 이제 막 입사한 신입사원은 해당되지 않는다는 것쯤은 감으로 알았지만 그래도 혹시나 하는 마음에, 또 여기서 얼마나 버티면 사내 이동이 가능한 것인지 물어보고 싶어져서 회신 버튼을 눌렀다. 우선 '질문이 있습니다'라고 적었다. 그 뒤에 어떤 식으로 작성해야 정중하면서도 주제넘어 보이지 않을까 고민하고 있었는데 갑자기 사무실이 술렁이기 시작했다. 어떤 순간을 기점으로, 요란하지는 않지만 분명한 동요가 파도처럼 일었다. 마치 도서관에서 갑작스레 정전이 되었을 때 같은 분위기였다. 백명 이상 수용 가능한 층 전체가 낮은 수군거림으로 가득 차 있었다. 중간중간 "어떡해" 하는 탄식도 들려왔다. 이상한 기분이 들어 뒤를 돌아보니 내가 있는 파티션도 마찬가지였다. 어느 대리의 모니터 앞에 사람들이 모여서 웅성거리고 있었다. 나는 그쪽으로 다가가 조심스레 물었다.

"회사에 무슨 일 있나요?"

그러자 대리가 나를 올려다보며 말했다.

"메일함 아직 못 봤어요?"

"네? 무슨 메일이요?"

"이거……"

대리가 모니터를 내가 서 있는 방향으로 돌려서 보여주었다. 발신자가 '홍빛나'인 메일이 도착해 있었다. 제목은 'RE: 마케팅팀 트랜스퍼 지원자 모집'이었다. 언니가 보낸 메일의 내용은 "넵! 알겠습니다! 그런데 신입도 지원이 되나요?"였고 놀랍게도 그게 전 사원의 메일함에 일제히 도착해 있었다. 공지 메일의 발신자 아이디는 everyone이었나. 그게 대표이사를 포함한 전 사원에게 보내는 전체 메일용 계정이라는 건, 어느 누구도 알려주지 않은 사실이었다.

나는 조용히 자리로 돌아와 앉았다. 수신자의 아이디가 everyone인 메일작성 창이 여전히 열려 있었고 내가 적은 '질문이 있습니다'라는 글자 뒤에 커서가 깜빡이고 있었다. 하얀 바탕 위에 커서가 점멸할 때마다 등골이 서늘해졌다. 회사 전체를 휩쓸고 있는 이 수군거림의 주인공이 빛나 언니가 아니라 내가 될 수도 있었다고 생각하니 한없이 아찔했다. 나는 두칸 정도 떨어진 빛나 언니의 자리를 건너다봤다. 언니는 자리에 없었다. 이 사실을 알고 있는지는 모르겠지만, 모르고 있다 해도 곧 알게 될 것이었다.

다음 날 아침, 은행에 볼일이 있어 나가다가 회사 일층 로비에서 출근하는 빛나 언니를 봤다. 공식 출근 시간인 아홉시였고, 그때 로비에 있다는 것은 지각이라는 뜻이었다. 경영지원팀은 구층에 있었으니까. 언니는 긴 생머리를 치렁거리면서 허겁지겁 뛰고 있었다. 저 언니는 자기가 '총무과 라푼젤'에 이어 '전체회신녀'로 불리고 있다는 사실을 알고 있을까. 나는 빛나 언니가 내 몫의 불행을 대신 뒤집어써준 것만 같아서 조금 미안해졌다. 그 순간 언니와 눈이 마주쳤다. 언니가 머리 위로 손을 크게 흔들며 내 쪽으로 뛰어왔다. 또각거리는 구두 굽 소리가 로비에 크게 울려 퍼졌다.

"있잖아. 뭐 남 눌어보고 싶은 게 있는데   오늘 김밥 같이 때을래?"

나는 흔쾌히 그러자고 했다. 전체회신 사건에 대해 기꺼이 위로해줄 준비가 되어 있었다. 그런데 점심 때 정작 언니가 꺼낸 고민은 다른 것이었다.

"나 집이 멀어서 출근하는 데 오래 걸리거든."

언니가 부모님과 함께 살고 있는 본가는 경기도 남양주시라고 했다. 회사가 있는 여의도까지 편도로만 거의 두시간 가까이 걸린다는 것이었다.

"너무 힘들어서 회사 앞에서 자취하려고 했단 말이야."

이어지는 이야기는 믿기 힘들 정도로 놀라웠다. 매일같이 부동산 카페를 들락거린 끝에 월세가 시세보다 훨씬 싸면서도 깨끗한 원룸을 발견했다는 것이었다. 언니는 그날 집을 보러 갔고 실물도 마음에 쏙 들어서 바로 가계약을 걸었다고 했다. 이사 당일, 짐은 캐리어 하나뿐이었는데 본가에서 필요한 것들을 그때그때 가져올 계획이었다고 했다. 그런데 캐리어를 현관 한구석에 세워둔 채로 셀프 인테리어를 하겠다며 페인트와 롤러를 사러 갔다 온 사이, 황당한 일이 벌어진 것이었다.

"내 가방은 복도에 나와 있고, 그 집에 다른 사람이 이사 오고 있는 거야."

명백한 이중계약 사기였다. 부모님을 겨우 설득해서 빌린 보증금을 몽땅 날려버린 셈이었다.

"언니, 전입신고는 했어요? 주민센터에서 확정일자 안 받았어요?"

"확정일자? 그게 뭔데?"

언니의 커다란 눈에 난데없이 눈물이 고이기 시작했다. 확정일자라는 단어를 듣는 순간, 뭔지는 몰라도 자신이 크게 잘못했음을 직감한 모양이었다. 안타까웠지만 이러나저러나 구제할 방법이 없어 보였다. 나는 스물일곱이나 먹고도 이런 기본적인 부동산 상식을 모르는 사람이 있을 수 있다는 사실에 좀 놀랐다. 언니는 계속 옷소매로 눈물을 찍어댔고 나는 그 상황을 모면하기 위해 로스쿨에 다니는 친구의 전화번호를 넘겨주며 조언을 구할 수 있을 거라고 언니를 달랬다. 문제는 이게 다가 아니었다. "엄마 아빠한테 혼날까봐" 여태까지 아무에게도 이 사실을 말 못하고 일주일째 캐리어와 함께 호텔에서 생활하고 있다는 것이었다. 나는 순식간에 할 말을 잃었고 동시에 체한 것처럼 명치가 뻐근해졌다.

그때 우리가 뭘 먹었는지는 정확히 생각나지 않는다. 다만 더치페이를 했다는 것만 기억난다. 우리 기수 중에 막내였던 나는 나이많은 동기에게 밥을 얻어먹는 것을 불편해했다. 상급자면 몰라도, 동기끼리는 연봉도 비슷한 마당에 누가 누굴 사주고 하는 게 어쩐지 불합리하게 여겨져서였다. 같이 입사했으면 오히려 어린 사람이 더 소득이 높다고 봐야 하는 게 아닌가, 하는 생각도 있었다. 사회생활을 늦게 시작했으면 그만큼 기회비용을 놓친 셈이니까. 특히 빛나 언니한테만큼은 어쩐지 얻어먹어서는 안 될 것 같은 기분이 있다. 나는 계산할 때 미리 준비해둔 만원짜리를 내밀었고 자연스럽게 더치페이를 할 수 있었다.

사무실로 복귀하는 길에는 까페에 들렀다. 커피는 밥보다 부담스럽지 않은 가격이니까 만약 빛나 언니가 사겠다고 하면 말리지 않아야겠다고 생각하면서 몇가지 상황을 그려봤다. 첫번째는 언니가 지갑을 먼저 꺼내고 "이건 내가 살게"라고 하는 것. 가장 깔끔한 경우였다. 그때는 놀랐다는 듯 "진짜요? 감사합니다"라고 하면 될 것이었다. 두번째는 내가 먼저 지갑을 꺼내서 카드를 내밀고 있을 때 언니가 "아니야, 이건 내가 살게"라고 하는 것. 세번째는 내가 먼저 계산을 하고 언니가 자기 몫을 현금으로 주거나 계좌로 부쳐주는 경우였다. 일어날 확률은 가장 낮지만 그래도 자기가 먹은 건 자기가 낸다는 점에서는 나쁘지 않다고 볼 수 있었다.

"나는 바닐라라떼. 너는?"

"저는 까페라떼요."

"그래. 여기 라떼가 참 맛있어."

언니는 지갑을 꺼낼 생각조차 없어 보였다. 당황한 내가 먼저 카드를 계산대에 내밀었다. 예상대로라면 이 시점에서 언니가 내 카드를 쳐내고 자기 카드를 내밀어야 했다. 아니면 최소한 자기 몫을 나한테 주거나 해야 했는데 그러지도 않았다. "잘 먹을게"라든지, "다음엔 내가 살게" 같은 말이라도 들으려 기다렸지만 언니는 속없게도 "여기는 더치커피도 맛있더라"라고만 했다. 내가 먼저 입을 열었다.

"다음엔 언니가 커피 사요."

언니는 그제야 활짝 웃으며 "아, 그래? 고마워"라고 말했다. 이쯤 되자 나는 이 언니의 머릿속이 궁금해졌다. 정말 몇천원짜리 커피 한잔 얻어먹으려고 이러는 건가? 아니면 정말 아무 생각이 없는 건가? 전자라면 너무 쪼잔했고 후자라고 해도 그 무신경함에 짜증이 났다. 언니는 다음에 산다더니 그 후로 단 한번도 커피를 사지 않았다. 나는 이년 뒤 원하던 트랜스퍼에 성공했다. 입사할 때부터 가고 싶었던 전략기획팀이었다. 그렇게 되기까지 내가 얼마나 유난스럽게 일했는지, 알 만한 사람은 다 알았다. "너 잘한다는 소리가 여기까지 들려." 그런 말들을 들으면서 지냈다. 나는 구층을 탈출해 메인 층으로 불리는 십삼층으로 올라갔다. 그와 동시에 내 머릿속에서 빛나 언니는 자연스럽게 잊었다. 그때까지만 해도 언니를 내 결혼식에 초대하게 될 거라고는 예상하지 못했다.

그리고 언니가 결혼식에 오지 않을 거라고도, 예상치 못했다.

*

언니는 결국 내 결혼식에 오지 않았다. 빛나 언니가 몇년 만에 연락이 와서는 자꾸 자기를 초대해달라고 한다는 내 이야기를 듣고 "예나 지금이나 참 특이한 누나야"라고 했던 구재가 공항 가는 길에 먼저 말을 꺼냈다.

"그런데, 빛나 누나가 왔었나? 왜 난 못 본 것 같지?"

"나도 정신이 없어서 기억이 안 나네."

식장에서 마주쳤던 얼굴을 하나씩 떠올려봤다. 아무리 생각해봐도 빛나 언니와 이야기를 나눈 기억이 없었다. 나는 친척들이 정리해서 보내준 축의금 명단을 열어봤다. 삼백명 정도 되는 명단을 일일이 확인했지만 빛나 언니의 이름은 보이지 않았다.

청첩장을 받고도 결혼식에 오지 않은 사람은 빛나 언니 말고도 많았다. 충분히 그럴 수 있었다. 주말에 다른 일이 있을 수 있으니까. 그냥 피곤해서 참석하지 못했을 수도 있었다. 하지만 그런 경우에는 일반적으로 지인을 통해서 축의금을 전달하기 마련이었다. 그냥 청첩장만 받은 경우라면 몰라도, 따로 만나 밥을 얻어먹었을 경우에는 그래야 하는 게 상식이고 예의였다. 그런데 이 언니는 자기가 먼저 초대해달라고 하길래 기껏 시간 내서 밥도 사주고 청첩장도 줬더니 결혼식에 오지도 않고 축의금조차 내지 않았다. 생각할수록 화가 났지만 신혼여행을 망치지 않기 위해 더이상 빛나 언니에 대해서는 떠올리지 않으려 노력했다.

결혼휴가를 끝내고 복귀한 첫날, 빛나 언니가 메시지를 보내왔다. 내 결혼식 날짜를 완전히 잊고 있었다는 사실을 다음 날이 되어서야 알았고, 신혼여행에 방해가 될까봐 일부러 여태까지 연락을 하지 않았다는 것이었다.

결혼식이 너랑 나랑 밥 먹고 바로 다다음 날인가 그랬잖아. 나는 네가 그렇게 결혼식날 임박해서 청첩장을 줬을 거라고는 생각을 못했던 거야.

이건 또 무슨 구차한 궤변인지. 이 언니는 결혼을 앞둔 사람들이 시간 내서 밥 사주고 청첩장을 주는 이유가 뭐라고 생각하는 건지 모르겠다. 청첩장에 분명히 날짜와 장소가 적혀 있고 그걸 잊지 않고 챙기는 건 본인의 몫이다. 나는 별로 따지고 싶지도 않아서 이렇게만 짧게 말했다.

괜찮아요, 언니. 신경 쓰지 마요.

더는 빛나 언니와 엮이고 싶지 않았다. 언니가 다시 메시지를 보내왔다.

우리 사이에 돈으로 주긴 그렇고. 선물을 주고 싶은데⋯ 네가 갖고 싶은 거 얘기하면 내가 사줄게. 필요한 거 찾아보고 말해줘.

나는 생각해보겠다고 답했다.

그날 저녁, 휴가 기간 동안 밀려 있던 업무를 처리하던 중에 빛나 언니가 말한 선물을 떠올렸다. 마음 같아서는 그냥 아무것도 안 받고, 나도 언니 결혼식에 안 가고, 그렇게 하고 싶은데 언니는 자기 결혼식에 나를 초대할 생각인 것 같았다. 아마 그러려고 선물을 주겠다는 것일지도 몰랐다. '갖고 싶은 선물'이라. 너무 막연한 단어였다. 얼마짜리를 골라야 하나. 언니랑 내 사이는 축의금 오만원 정도의 사이였다. 딱 기본 금액. 나는 인터넷 쇼핑몰에 접속해 오만원 선에서 살 만한 게 있나 둘러봤다. 딱히 끌리는 게 없었다. 몇가지가 눈에 들어오긴 했다. 칠만원짜리 무드등을 사달라긴 좀 그렇고, 그렇다고 사만원짜리 토스터를 받자니 왠지 억울했다. 한참 스크롤을 내리다보니 문득, 이걸 왜 내가 고민하고 있어야 되나, 하는 생각이 들어 부아가 치밀었다. 돈으로 주기 싫으면 주지를 말든가, 굳이 선물을 하고 싶으면 자기가 센스 있게 오만원 한도 내에서 적절한 선물을 알아서 골라 오든가. 고민해서 적당한 걸 고르는 것도 일인데 그걸 왜 나한테 외주를 주고 있지? 나는 홧김에 쇼핑몰 창을 다 닫아버렸다.

다음 날 빛나 언니가 '선물 생각해봤어?'라고 메신저로 물었다. 갖고 싶은 게 있다 치더라도, 이런 질문에 구체적으로 뭘 사달라고 뻔뻔하게 말할 수 있는 사람이 있기는 할까 싶었다. 나는 빨리 이 이상한 상황이 지나가기만을 바랐다.

언니, 됐어요. 그냥 밥이나 사요.

그렇게 뜻하지 않게 빛나 언니와 또 밥을 먹게 되었다. 테이블

상판이 통째로 서빙되는 한정식집에서였다. 수십가지 반찬 그릇이 빼곡하게 올려진 나무 상판을 식당 종업원이 카트로 끌고 와서 우리 테이블 위로 드르륵 밀었다. 언니는 그 장면을 동영상으로 찍으며 좋아했다. 물론, 사진도 찍었다. 그 많은 반찬을 한 프레임에 담겠다며 의자 위에 올라가서 까치발을 들었다. 찰칵찰칵 소리가 연속해서 식당에 울려 퍼졌고, 서너장을 더 찍고 나서야 나는 언니의 무릎이 아닌 얼굴을 마주할 수 있었다. 나는 언니에게 결혼준비가 잘 되어가고 있는지 물었다. 딱히 궁금하지는 않았지만 예의상 질문을 건넨 것이었다. 언니는 내가 전달해준 엑셀 파일 덕분에 수월하게 준비하고 있다며 고마워했다. 나는 오년 전 이중계약 사건이 떠올랐다.

"신혼집은 구했어요? 그게 제일 골치 아픈 건데."

"응. 다행히 시댁에서 집을 해주셔서. 이미 들어가 살고 있어. 바로 한 정거장 옆 샛강역 근처야."

"정말요? 너무 잘됐다."

빛나 언니의 예비신랑은 펀드매니저라고 했다. 경제감각이 부족한 언니가 여유 있는 시댁과 숫자 쪽에 능통한 남자를 만나 다행이라는 생각이 들었다. 그 남자가 펀드매니저였구나. 언니의 메신저 프로필 사진에 매번 등장하던. 언니는 늘 남자친구와 함께 찍은 사진을 프로필 사진으로 해두곤 했다. 사이가 안 좋을 때는 쓸쓸한 분위기의 일러스트를 프로필로 바꿔 걸었고 당연히 그에 따라 상태 메시지도 바뀌었다. 그 주기가 몇개월 단위로 반복되었다. 총무

과 라푼젤의 연애가 순항 중인지 아닌지를 온 회사 사람이 다 알
정도였다.

나는 언니의 프로필 사진을 볼 때마다 대체 왜 저렇게 하지, 하
고 생각했다. 정말 왜 저렇게 할까. 나라면 그러지 않을 텐데. 하루
에도 몇번씩 회사 사람들과 메신저로 업무를 주고받는데. 거기에
남자친구와 얼굴을 맞대고 있는 사진이 떠 있으면 얼마나 프로답
지 못해 보일지, 한번쯤 생각을 해볼 텐데. 나라면 내가 연애도 하
고 결혼도 할 수 있는 사적인 인간이라는 거, 최대한 떠올리지 못
하게 할 텐데. 매일 오분씩 지각하지 않을 텐데. 어차피 오분 동안
일을 더 하거나 덜 할 수 있는 건 아니지만, 나라면 그냥 오분 일찍
일어날 텐데. 나라면 머리를 좀 짧게 자를 텐데.

"언니, 전부터 궁금한 게 있었는데."

생각만 하다 나도 모르게 입을 열었다.

"뭔데?"

"그 머리요. 아침마다 고데기 하고 오는 거예요?"

"아니, 나 원래 직모야. 우리 엄마 닮아서."

"그래도 매일 그거 다 말리고 오려면 불편하지 않아요?"

"아니, 나 숱이 워낙 적어서. 금방 말라. 하나도 안 불편해."

언니는 아침에 출근하면서 뛸 때마다 살짝 젖은 머리가 바람에
흩날리며 찰랑거리는 느낌이 너무나도 좋다고 했다. 애초에 지각
하지 않으면 뛸 필요가 없잖아,라고 생각했지만 입 밖으로 내지는
않았다. 이번에는 언니가 밥을 샀다. 우리가 먹은 '한상정식'은 일

인분에 이만오천원이었다.

키보드 밑에 깔려 있던 흰 봉투를 발견한 건 빛나 언니와 한정식을 먹고 두달쯤 지난 시점이었다. 언제부터 거기 있었는지 모를 일이었다. 책상을 닦으려고 키보드를 들지 않았으면 아마 계속 모르고 지낼 수도 있었을 것이다. 손바닥만 한 봉투를 열자 "우리 결혼합니다"라고 적혀 있는 카드가 나왔다. 빛나 언니의 청첩장이었다. 이게 뭐야. 밥도 안 사고 그냥 이렇게 던져놓고 간 거야? 청첩장이 무슨 피자집 전단이야? 나는 원래 빛나 언니의 결혼식에도 참석하고 축의금도 오만원 정도 낼 생각이었다. 똑같은 사람이 되기는 싫으니까. 정식으로 시간 내서 청첩장을 준다면 분명 그렇게 하려고 했다. 하지만 이쯤 되자 더는 이해하기 힘들었다. 나라면, 나라면 정말 이렇게는 안 해. 손에 쥐고 있던 텀블러의 뚜껑을 열어 청첩장 위에 세차게 내려놨다. 뚜껑에 묻어 있던 커피가 새하얀 청첩장 위에 동그란 형태로 번졌다. 나는 텀블러에 남은 아이스커피를 얼음째 씹어 마셨다. 그리고 머릿속에서 계산기를 두드렸다.

25,000(축의금 대신 먹은 밥값)−13,000(내가 청첩장 주면서 산 밥값)=12,000

이제는 남편이 된 구재에게 내 계획을 들려줬다. 주말에 함께 들른 백화점의 생활용품 코너에서였다. 나는 언니에게 받은 만큼만, 딱 만이천원짜리 선물을 사서 축의금 대신 줄 거라고 했다. 듣고 있던 구재가 한숨을 내쉬면서 말했다.

"꼭 그렇게까지 해야겠어?"

"응, 난 꼭 이렇게까지 해야겠어."

"그냥 내가 내줄게."

나는 구재를 가만 쳐다봤다. 연애 기간 동안, 우리는 서로의 연봉을 모르고 있었다. 여느 회사가 그렇듯 우리 회사도 자신의 연봉을 누설하면 해고할 수 있다는 사규가 있었다. 하지만 결혼을 준비하면서 어쩔 수 없이 서로가 모아둔 재산과 연봉을 공개해야 했다. "하나, 둘, 셋 하면 동시에 말하는 거야." 그때까지만 해도 우리는 이구동성 게임 같다는 농담을 하면서 웃고 있었다. 셋, 하던 그 순간, 나는 구재와 내가 외치는 숫자의 앞자리가 다르다는 사실을 깨달았다. 천만원. 정확히 천삼십만원 차이였다. 나보다 세전 기준 천삼십만원을 더 받는 구재는 당연히, 모아놓은 돈도 나보다 훨씬 많았다. 구재 역시 당황한 눈치였다. 생각보다 큰 차이가 나자 자기도 민망했는지 이렇게 말했었다.

"네가 이년 동안 백오피스에 있어서 그랬나봐."

그래, 그게 맞는다고 치자. 그러면 나는 왜 이년 동안 거기에 있었을까. 이력서에 빼곡했던 내 모든 경력이 전략기획팀으로 가고 싶다고 말하고 있었는데. 내가 일을 못해서 그랬나. 그런데 시켜보지도 않고 어떻게 알까. 무엇보다 지금은 같은 부서에서 같은 일을 하고 있는데 왜 연봉 차이가 이렇게 많이 나야 할까. 구재가 일을 잘해서? 대체 얼마나 잘하길래? 딱 천삼십만원어치만큼?

"지금 뭐라고 했어?"

"축의금 가지고 뭘 그렇게까지 해. 그까짓 오만원 내가 내준다고."

"내가 지금 돈 때문에 이러는 것 같아? 그깟 오만원 아끼려고 내가, 이러는 것 같아?"

어째서인지 나는 숨을 몰아쉬고 있었다.

"빛나 언니한테 가르쳐주려고 그러는 거야. 세상이 어떻게 어떤 원리로 돌아가는지. 오만원을 내야 오만원을 돌려받는 거고, 만이천원을 내면 만이천원짜리 축하를 받는 거라고. 아직도 모르나본데, 여기는 원래 그런 곳이라고 말이야. 에비동에 새우가 빼곡하게 들어 있는 건 가게 주인이 착해서가 아니라 특 에비동을 주문했기 때문인 거고, 특 에비동은 일반 에비동보다 사전원이 더 비싸다는 거. 월세가 싼 방에는 다 이유가 있고, 칠억짜리 아파트를 받았다면 칠억원어치의 김장, 설거지, 전 부치기, 그밖의 종종거림을 평생 갖다바쳐야 한다는 거. 디즈니 공주님 같은 찰랑찰랑 긴 머리로 대가 없는 호의를 받으면 사람들은 그만큼 맡겨놓은 거라도 있는 빚쟁이들처럼 호시탐탐 노리다가 뭐라도 트집 잡아 깎아내린다는 거. 그걸 빛나 언니한테 알려주려고 이러는 거라고, 나는."

구재는 내가 뭔가를 잘못했구나, 그래서 재가 화가 났구나,라는 사실 이외에는 아무것도 못 알아듣겠다는 눈을 하고 나를 바라봤다. 결혼 준비하는 내내 지겹게 봐온 눈빛이었다. 나는 진열대에서 바닐라향 핸드크림을 집어 들고 점원에게 신경질적으로 물었다.

"이거 얼마예요?"

"세일해서 만천원입니다."

천원이 부족했다. 나는 카운터 옆에 꽂혀 있던 선물카드를 뽑아 들었다.

"이거는요?"

"천원입니다."

"이거랑 같이 주세요."

"네, 모두 해서 만이천원입니다."

선물용인지를 확인한 뒤에 점원이 포장을 시작했다. 상자 한가운데에 핸드크림을 눕혀두고 남은 공간에 연보라색 습자지를 구겨넣었다. 마치 꽃밭에 핸드크림이 파묻혀 있는 모양새가 되었다. 알맹이에 비해 포장이 과하다는 생각이 들었다. 점원은 상자의 뚜껑을 덮고 공단 재질의 아이보리색 리본으로 상자의 왼쪽 위와 오른쪽 아래 귀퉁이를 사선으로 감싸 묶었다. 그리고 천원짜리 카드를 리본의 오른쪽 아래 귀퉁이 쪽에 꽂아 넣었다.

만이천원을 채웠지만, 편지를 쓰는 건 내키지 않았다. 그렇다고 빈 카드를 줄 수도 없는 노릇이었다. 나는 편지 쓰기를 미루고 미루다 결혼식 전날까지 선물을 전달하지 못했다. 더는 남은 시간이 없어서 우선 펜을 들고 무작정 첫 문장을 적었다.

빛나 언니, 결혼 축하해요.

아직도 여백이 많이 남아 있었다.

우리가 만난 지 벌써 오년이라는 시간이 흘렀네요.

진부한 문장이었다. 하지만 볼펜으로 써서 지울 수도 없었다.

십년 뒤에 우리 더욱 성장한 모습으로 다시 만나요.

대충 칸이 다 채워졌다. 나는 카드를 다시 상자 귀퉁이에 꽂아 넣고 엘리베이터에 올랐다. 퇴근 삼십분 전이었다.

실로 오랜만에 들르는 구층이었다. 경영지원팀의 자리는 삼년 전 그대로였고 총무과의 위치도 그대로였다. 언니는 삼년 전과 똑같은 그 자리에 앉아 김밥을 먹고 있었다. 나는 파티션 너머로 속삭이듯 언니를 불러 복도로 나오라고 손짓했다. 복도로 나온 언니가 "여기까지 웬일이야"라며 나를 반겼다.

"언니야말로 웬 김밥이에요. 내일이 결혼식인데 야근하려고요?"

"조금 해야 될 것 같아. 어쩌다보니 그렇게 됐네."

"원래 결혼 진날은 일찍 퇴근시켜주는데. 여기 너무하네."

"월말 총무과에 그런 게 어딨니."

언니가 쓴웃음을 짓더니 말을 이었다.

"요즘 사람이 부족해. 우리 주임님 아기가 예정일보다 훨씬 일찍 나오는 바람에 출산휴가를 갑자기 당겨서 썼거든. 그런데 나까지 결혼휴가 가야 하니까. 눈치 보여 죽겠어."

우는소리를 하던 언니가 내 손에 들린 상자를 보며 물었다.

"그건 뭐야?"

"아, 언니 결혼선물이요."

"야…… 뭐 이런 걸 다 준비했어……"

당황스러웠다. 빛나 언니가 울기 시작한 것이었다. 왜 울지? 갑자기 두려워졌다. 설마 내가 선물도 주고, 결혼식에도 갈 거라고 생각하고 있는 건가. 더 난감한 건 언니가 울면서 나를 껴안았다는 사실이었다. 나는 덩치 큰 언니에게 완전히 파묻힌 모양새가 되었다. 빛나 언니가 흐느끼며 어깨를 들썩일 때마다 거기 걸쳐진 내 턱도 같이 오르락내리락했다. 복도를 지나다니던 사람들이 우리를 힐끔힐끔 쳐다봤다. 언니가 내 귀에 대고 속삭였다.

"고마워. 나 매리지블루였는데…… 이거 받고 기분 좋아졌어."

등에 소름이 돋았다. 때마침 엘리베이터 문이 열렸다. 나는 무릎을 살며시 굽혀 언니의 품에서 빠져나온 뒤 황급히 엘리베이터에 올라탔다.

"이거 네 글씨체 아니야?"

지히 주차장에서 만난 구재가 물었다. 어둠 속에서 손에 들린 핸드폰 화면이 밝게 빛나고 있었다. 나는 구재가 내민 화면을 자세히 들여다봤다. 빛나 언니의 프로필 사진이었다. 방금 전 내가 언니에게 줬던 카드가 활짝 펼쳐진 채로 올라가 있었다. 상태 메시지는 이렇게 쓰여 있었다.

손편지에 담긴 진심. 나는 사랑받기 위해 태어난 사람.

"야, 손편지에 담긴 진심이래."

구재가 배를 잡고 웃었다. 그리고 편지의 내용을 큰 소리로 읽어대기 시작했다.

"우리가 만난 지 벌써 오년이라는 시간이……"

"그만해."

나는 구재의 손에서 핸드폰을 뺏어 들었다. 그리고 언니의 프로필 사진을 다시 들여다봤다. 연보라색 습자지에 둘러싸인 핸드크림을 배경으로, 카드를 클로즈업해서 찍은 사진이었다. 네모난 프레임의 아래위로 뿌옇게 블러 처리가 되어 있었다. 마치 눈물 고인 시선으로 바라본 장면 같았다. 그 와중에도 카드 속 글씨만큼은 또렷했다. 나는 은은한 필터가 입혀진 내 글씨를 물끄러미 바라봤다. 분명 내가 쓴 것인데 사진으로 찍어놓은 것을 보니 왠지 낯설게 느껴졌다. 십년 뒤에 우리 더욱 성장한 모습으로 다시 만나요. 나는 혼자 십년 뒤,라고 조용히 읊조렸다. 너무나 까마득하게 느껴졌다. 십년 뒤. 그때까지 언니가 회사에 있을 수 있을까. 그때까지 나는 회사에 있을 수 있을까.

이튿날 저녁, 프로필 사진은 야자수가 드리워진 해변으로 교체되었다. 상태 메시지도 '모두들 감사합니다'로 바뀌어 있었다.

*

평소보다 이십분이나 늦게 일어나서 간단히라도 챙겨 먹던 아침을 거르고 출근한 날이었다. 사무실 책상 위에 자그마한 상자가 놓여 있었다. 빛나 언니의 결혼식 답례떡이었다. 상자 위에는 조잡한 폰트로 이렇게 적혀 있었다.

빛나의 결혼식에 참석해주셔서 감사합니다. 축하해주신 마음 잊지 않고 잘 살겠습니다.

상자를 열었다. 분홍색 하트가 그려진 백설기 한조각과 저마다 색이 다른 경단 네개, 쑥색 꿀떡 두개가 들어 있었다. 허기가 느껴 졌고, 이내 침이 고였다. 랩 포장을 벗겨내고 샛노란 고물이 포슬포 슬하게 묻혀진 경단 하나를 집어 입에 넣었다. 방금 쪄낸 듯, 아직 따뜻했다. 오늘 새벽에 찾았나보네. 나는 달고 쫄깃한 경단을 우물 거리면서 생각했다. 빛나 언니는 잘 살 수 있을까. 부디 잘 살 수 있 으면 좋겠는데.

일의 기쁨과
슬픔

"합시다. 스크럼."

오전 아홉시. 대표가 가장 좋아하는 스크럼 시간이다. 스크럼이란 이천년대 초반부터 미국 실리콘밸리를 중심으로 시작된 애자일 방법론의 필수 요소로, 우리 회사 같은 소규모 스타트업에서 널리 쓰이는 프로젝트 관리 기법이다. 데일리 스크럼의 대원칙은 이렇다. 매일, 약속된 시간에, 선 채로, 짧게, 어제는 무슨 일을 했는지 그리고 오늘은 무슨 일을 할 것인지 각자 이야기하고, 이를 바탕으로 마지막에 스크럼 마스터가 전체적인 진행 상황을 점검하는 것. 서로의 작업 상황을 최소 단위로 공유하면서 일을 효율적으로 진행하기 위함이다. 애자일에 대한 올바른 이해를 바탕으로 한 스크럼이라면 이 모든 과정이 길어도 십오분 이내로 끝나야 했다. 하지만 우리 대표는 스크럼을 아침 조회처럼 생각하고 있으니 심히 문제였다. 직원들이 십분 이내로 스크럼을 마쳐도 마지막에 대표가 이십분 이상 떠들어대는 바람에 매일 삼십분이 넘는 시간을 허비하고 있었다.

"그럼, 제니퍼부터 해볼까?"

제니퍼는 디자이너인데 한국 사람이다. 회사가 위치한 곳이 실리콘밸리가 아니라 판교 테크노밸리임에도 불구하고 굳이 영어 이름을 지어서 쓰는 이유는 대표가 그렇게 정했기 때문이다. 빠른 의사결정이 중요한 스타트업의 특성을 고려하여, 대표부터 직원까지 모두 영어 이름만을 쓰면서 동등하게 소통하는 수평한 업무환경을 만들자는 취지라고 했다. 위계 있는 직급체계는 비효율적이라는 말이었다. 의도는 나쁘지 않았다. 하지만 다들 대표나 이사와 이야기할 때는 "저번에 데이빗께서 요청하신……" 혹은 "앤드류께서 말씀하신……" 이러고 앉아 있었다. 이럴 거면 영어 이름을 왜 쓰나? 문제는 대표인 데이빗이 그것을 싫어하지 않는다는 것이었다. 사실 수평문화 도입은 평계고 촌스러운 자신의 본명 — 박대식 — 을 쓰지 않기 위해서가 아닐까 하는 생각마저 들었다. 영어 이름 사용의 폐해는 또 있었다. 이름만 부르고 존칭을 생략하기 때문에 연장자가 말을 놓기 더 쉽다는 점이었다. 심지어 나는 본명이 '김안나'라서 영어 이름도 그냥 'Anna'로 하고 입사했더니 여기저기서 안나, 안나, 이러면서 은근슬쩍 말을 놓는 통에 불릴 때마다 기분이 좋지 않았다. 일상의 자아와 분리 가능한 새로운 영어 이름을 지었어야 했다. 예를 들면 '올리비아'라든지.

대표를 포함한 전체 직원 열명이 각자의 책상을 등지고 선 채로 동그랗게 모여 스크럼을 진행했다. 마지막 순서인 내 차례가 끝나자마자 대표가 나를 빤히 바라보며 물었다.

"안나, 거북이알 말이야. 이거, 이거. 어떻게 할 거지?"

대표는 자신의 등 뒤에 세워진 화이트보드에 '거북이알'이라고 쓰고 그 위에 동그라미를 여러번 치더니 이내 손으로 문질러 글씨를 지워버렸다. 대표의 손바닥이 새카매졌다.

"아휴, 나는 거북이라는 글자조차 보기가 싫은 사람이란 말이야."

'거북이알'은 우리가 만들고 있는 앱 서비스인 '우동마켓'에 글을 가상 많이 올리는 사용자였다. 우동을 파는 회사는 아니고, 스마트폰의 위치를 기반으로 중고거래를 할 수 있는 앱을 만드는 회사다. 우동마켓은 '우리 동네 중고 마켓'의 준말인데, 우동 한그릇을 후루룩 먹듯이 쉽고 간편하게 중고거래를 할 수 있다는 속뜻도 가지고 있다고, 데이빗 대표님께서 말씀하신 바 있다. 잘 지은 이름인지는 모르겠으나 비슷한 콘셉트를 가진 앱 중에 그래도 어느 정도는 우위를 점하고 있는 편이라 스타트업으로서 제법 안정기에 접어들었다고 볼 수 있었다. 사용자를 모으는 데 안착했으니, 이제 여기에 지역광고를 붙이는 게 회사의 다음 목표였다. 동네 주민들이 올린 중고물품—버리기에 아까운 가구, 작아져버린 아이 옷, 아직 쓸 만한 전자제품—사이사이에, 지역 타게팅이 확실히 보장된 광고—새로 오픈한 헬스장, 인테리어 업체, 사진 촬영 스튜디오—가 자연스럽게 들어가게 된다. 연말까지 광고플랫폼 개발 완료, 광고 영업, 광고 판매. 그때부터 우동마켓은 본격적으로 돈을 번다. 대표와 이사의 사활이 걸린 일이었다.

거북이알은 몇주 전부터 강남과 판교 지역에서 하루에 거의 백 개씩 글을 올리고 있었다. 이것만 해도 일반적인 사용자로 보기는 힘든데, 더 특이한 점은 중고물품을 파는 게 아니라 뜯지도 않은 새 상품을 판다는 것이었다. 가격은 늘 인터넷 최저가보다 조금씩 싸게 책정해두었다. 내용은 거의 쓰지 않았다. 상품명, 모델명, 직거래 및 택배 모두 가능. 더이상의 설명은 없었다. 파는 물건에도 일관성이 없었다. 공기청정기, 청소기, 캡슐커피머신을 올릴 때는 전자제품 직구해다 파는 놈인가 싶었는데 파운데이션, 바람막이, 홍삼, 레고가 올라오자 나는 서비스 기획자로서 무척 혼란스러워졌다. 그래도 거래 성사율이 백 퍼센트인데다 거북이알의 프로필 페이지 밑에는 실제 거래한 사람들의 훈훈한 댓글들—좋은 물건 싸게 팔아주셔서 고마워요!—이 달렸기 때문에 큰 문제라고 생각하지는 않았다. 그런데 대표의 생각은 달랐던 모양이다.

"우리 서비스의 취지와 맞지 않는 사용자를 이대로 둬도 될까? 앱을 딱 켜고 들어왔는데 온통 거북이알의 글로 도배되어 있으면, 사용자들이 우리 서비스를 '우리 동네 중고 마켓'이라고 생각할까? 이쯤 되면 어뷰저라고 봐야 하는 게 아니냐는 거지. 어떻게, 페널티를 줄 수 없을까?"

대표 옆에 서 있던 앤드류가 팔짱을 끼고 고개를 끄덕였다.

"게다가 이 프로필 사진. 실제 거북이 얼굴의 근접 사진이잖아요. 너무 징그러워서 쳐다볼 수가 없어. 내가 파충류를 얼마나 싫어하냐면 군대에 있을 때 말이야, 당직을 서고 내무반으로 돌아가는 길 한복판을 이만한 도마뱀이 가로막고 있는 거야."

대표가 양손을 자기 어깨너비로 벌렸다.

"거짓말이 아니라 정말 이만했다니까. 그래서 그 도마뱀 때문에 날이 밝을 때까지 거기를 못 지나갔어. 그날 잠을 못 잤지. 내가 그렇게 파충류를 싫어한다구요."

논점 이탈이 대표의 주특기였다. 나는 다시 화제를 돌려와야 했다.

"데이빗의 마음은 알겠는데요. 그래도 거북이알을 어뷰저라고 볼 수는 없어요."

강강술래 대형으로 서 있던 직원들의 시선이 모두 나에게로 향했다.

"거북이알 때문에 지표가 엄청나게 상승하고 있다고요. 페이지뷰, 사용자 수, 재방문율 모두 거북이알 등장 이후 상승세를 보이고 있어요. 거북이알 때문인지는 모르겠지만 신규 가입자 수도 매주 늘고 있고요. 게다가 거북이알의 거래 성사율은 백 퍼센트예요. 어뷰저가 아니라 오히려 충성 사용자라고 보는 게 맞죠."

내 말이 채 끝나기도 전에 대표가 스마트폰을 꺼내 들면서 말했다.

"아무리 그래도 말이야. 적당히 올려야지."

그러고는 우동마켓을 실행시켜 타임라인 화면을 우리에게 보여
줬다.

"이것 좀 보라구. 내가 스크롤을 열번 내릴 때까지 죄다 이놈의
거북이 글뿐이라구."

거북이알처럼 한 사용자가 너무 많은 글을 올릴 경우 노출 비중
을 줄이는 게 어떻겠느냐고, 대표가 제안했다. 서버 개발자들이 한
숨을 쉬었다. 그거 개발하는 데만 몇주가 걸리는 줄 아느냐, 연말까
지 광고플랫폼 붙이기로 한 것도 빠듯한데 이상한 소리 좀 하지 말
라는 뉘앙스로 대표를 공손히 나무랐다. 서서 스크럼을 시작한 지
벌써 사십분이 다 되어가고 있었다. 빨리 앉아서 일을 시작하는 게
우동마켓의 발전에 더 도움이 될 것 같은데 대표는 스크럼을 끝낼
생각이 없어 보였다.

"만약에, 장물이면 어떡하지?"

"네?"

"뭔가 이상하지 않아요? 하루에 백개씩 뜯지도 않은 물건을 판
다는 게. 이게 다 훔친 물건이면 어떡하냐는 거지. 횡령이거나. 그
럼 아주 큰일이라구."

나는 고개를 살짝 뒤로 젖히고 눈을 지그시 감았다. 대표가 말을
이었다.

"누군가 거북이알을 만나보면 어때요? 안나가 가볼까?"

"제가요?"

대표는 청바지 뒷주머니에서 지갑을 꺼내더니 오만원짜리 지폐

두장을 내 손에 꼭 쥐여주었다.

"이걸로 거북이알이랑 만나서 아무거나 거래 좀 해봐. 아, 물론 산 물건은 안나가 가져도 돼요."

나는 짜증을 숨기지 못하고 물었다.

"만나면요? 만나서 뭐라고 해요?"

"우리 서비스를 사용해줘서 고마운데, 너무 도배하지 말고 좀 적당히 올리라고 말이야. 한시간에 한개씩. 하루에 스무개 정도만."

말도 안 되는 소리였다.

"그리고 프로필 사진도 좀 바꿔보는 게 어떻겠냐구. 진짜 거북이 말고 닌자거북이라든지."

사십오분 만에 스크럼이 끝났다. 우리는 마침내 각자의 자리에 앉을 수 있었다. 등 뒤에서 한숨 소리가 들려왔다. 케빈의 것이다. 케빈은 아이폰 앱 개발자인데, 대표와 이사를 제외한 우리 회사 상전이었다. 나보다 나이는 두살이나 어린 '진짜 막내'였지만 데이빗이 옆 동네 포털사에서 모셔온 '천재 개발자'인 탓에 실질적인 서열은 3위라고 볼 수 있었다. 안드로이드 앱은 개발자 두명이 붙어 있지만 아이폰 앱은 여태 혼자 개발하고 있는데 아직까지 속도에 큰 차이가 없으니 솔직히 유능하긴 정말 유능했다. 하지만 컴퓨터와 대화하는 게 인간과 대화하는 것보다 더 편해 보이는 타입인데다, 평소에는 온순한 편이지만 코드가 잘 풀리지 않거나 버그가 잡히지 않을 때는 지나치게 예민해져서 주변 사람한테 히스테리를 부린다는 게 큰 단점이었다. 물론 가장 큰 피해자는 '사실상 막내' 인 나였다.

나는 트렐로에 접속했다. 전날 내가 '문제' 리스트에 만들어둔 '대표 사진 선택 버그' 카드를 케빈이 '해결' 리스트로 옮겨두었다. 자리에서 테스트를 해봤다. 여전히 잘 되지 않았다. 나는 카드를 다시 '문제' 리스트로 옮기고 댓글을 달았다.

사진 다섯장 이상 첨부 시 여전히 재현됨.

카드에 댓글을 쓰고 엔터키를 누르자마자 케빈의 헛기침 소리가 들려왔다. 잠시 후, 케빈이 다시 카드를 '해결' 리스트로 옮기고 댓글을 달았다.

수정 및 반영 완료.

다시 테스트해보니 일반적인 환경에서는 잘 되지만 여전히 안 되는 경우가 있었다. 나는 또다시 카드를 '문제'로 옮기고 댓글을 달았다.

iOS 최신 버전이 아닌 경우 여전히 재현됨.

이렇게 쓰고 엔터키를 누르자마자 갑자기 뒤에 있던 케빈이 뾰족한 목소리로 날 불렀다.

"안나."

나는 딱히 잘못한 것도 없는데 깜짝 놀라 어깨를 움츠리고 뒤돌아봤다.

"네?"

"저는 잘 되는데요. 빌드 버전 확인 한번만 해주세요."

자기가 잘못 고쳐놓고 맨날 나보고 확인하란다. 천재 개발자 맞나? 일단 속는 셈 치고 그렇게 하겠다고 했다. 케빈이 의자를 다시 책상 방향으로 돌리며 또 크게 한숨을 쉬었다. 나는 이어폰을 꽂고 루보프 스미르노바가 연주하는 「환상소품집, Op. 3−멜로디」를 들었다. 정신이 맑아지면서 분노가 서서히 사그라들고 갑자기 긍정적인 마음이 되었다. 내일은 글렌 굴드, 모레는 조성진을 들을 것이다. 나는 우동마켓에 들어가 거북이알이 팔고 있는 캡슐커피머신 판매 글에 문의 댓글을 남겼다.

판교역에서 직거래 가능할까요?

순식간에 댓글이 달렸다.

가능합니다. 점심시간에 만납시다.

뜻밖의 급한 전개에 당황했지만 어차피 해야 하는 일이라면 빨리 해치우는 게 나을 것 같아서 그렇게 하기로 했다. 이어폰에서 흘러나오는 음악이 「밤의 가스파르−스카르보」로 바뀌었다.

*

세련된 정장을 단정하게 차려입은 여자가 쇼핑백을 건네며 말했다.

"물건 먼저 확인해보세요."

한두번 해본 일이 아니라는 듯 능숙한 말투였다. 나는 쇼핑백을 벌린 다음, 상자의 위쪽을 열었다. 사진으로 봤던 은색 커피머신이 드러났다. 표면에 붙어 있는 얇은 비닐조차 떼지 않은 새것이었다. 나는 물건을 더 확인하는 척하면서 거북이알의 배 쪽을 슬쩍 봤다. 목걸이 형태의 사원증에 유비카드사의 로고와 함께 '혜택기획팀 차장 이지혜'라고 쓰여 있었다. 유비카드의 일부 부서가 옆 건물에 입주해 있다는 이야기는 들어서 알고 있었다. 잘나가는 대기업 다니는 사람이 대체 왜 이러고 있는 걸까.

"현금으로 주실 거예요? 계좌이체 하실 거예요?"

나는 대표에게 받은 오만원짜리 두장을 거북이알에게 건넸다. 그녀는 "잘 쓰세요"라는 말만 남기고 뒤돌아서 반대 방향으로 걷기 시작했다. 닉네임과는 어울리지 않게 발걸음이 무척 빨랐다. 거북이알이 점점 멀어지고 있었다. 마음이 다급해졌다. 이곳에 나온 목적은 중고거래가 아니라 데이빗이 지시한 임무 수행이었다. 거북이알이 손톱만 하게 보일 때쯤, 나는 그녀가 성큼성큼 걷고 있는 방향으로 달려가면서 "저기요! 거북이알님!" 하고 외쳤다. 그녀가 걸음을 멈추고 돌아섰다. 나는 한 블록 정도를 달려서 다시 그녀 앞에 섰다.

"저 궁금한 게 있어서…… 우동마켓에 물건을 엄청 많이 올리시던데요."

별로 많이 뛰지도 않았는데 숨이 찼다. 나는 잠시 숨을 고르다 말을 이었다.

"그 물건들은 다 어디서 나시는 건가요?"

거북이알이 말없이 나를 바라봤다. 둘 사이에 잠깐의 침묵이 흘렀다. 그녀가 먼저 입을 열었다.

"배 안 고파요?"

"네?"

"점심 안 먹고 나왔을 거 아녜요. 나도 샌드위치 사 먹으러 가는 길이었는데."

그녀는 우리가 서 있는 곳에서 멀지 않은 스타벅스 간판을 가리 켰다.

"뭐 먹으면서 이야기할래요? 내가 사줄게요."

"아니요, 그러실 필요까지는 없는데…… 말씀하시기 싫으시면 그냥 안 하셔도……"

"포인트로 사는 기니까 부담 갖지 말아요. 나 포인트 엄청 많아 요. 아마 우리나라에서 제일 많을걸?"

거북이알이 갑자기 크게 웃었다.

"사실은 이게 다 루바, 그러니까 루보프 스미르노바 때문인 데요."

얼음이 가득 담긴 커피를 빨대로 한모금 들이켠 거북이알이 입 을 열었다. 그러고는 목에 걸려 있던 사원증을 들어올리더니 그 안 의 유비카드 로고를 검지 손톱으로 톡톡 치며 말했다.

"우리 회장이 클래식 마니아거든요."

"알아요. 저도 인스타그램 팔로우하고 있어서요."

"자기도 클래식 좀 듣나보네."

유비카드사의 조운범 회장은 이십만명의 팔로워를 거느린 인스타그램 셀럽이었다. 처음에는 대기업 회장이 젊은 애들이나 하는 인스타그램을 한다는 게 신기하게 여겨져서 주목을 받았는데, 그걸 또 은근히 잘 활용했다. 해외 출장지에서 찍은 맥주 사진, 집에서 가족들을 위해 요리하는 모습, 마트에서 자기네 회사 카드로 직접 결제하는 소탈한 모습이 은은한 필터가 입혀진 채로 올라왔고, 사람들은 열광했다. 회장의 인스타그램은 그가 클래식 애호가임을 자연스럽게 드러내는 창구이기도 했다. 해외 공연 소식이나 클래식계의 동향을 종종 업로드해줘서 클래식 팬 상당수가 그를 팔로우하고 있었다. 유비카드사에서 기획하는 클래식 공연이 많은 것도 바로 이 때문이었다.

원래 거북이알은 유비카드사의 공연기획팀 소속이었다고 했다. 분기마다 한번씩 열리는 크고 작은 공연을 위해 아티스트를 선정하고, 협상하고, 초청해서 공연을 여는 일까지 모든 것을 총괄하는 팀이라고 했다.

"자기도 잘 알겠지만 재작년인가부터 루바가 아시아 투어를 한다는 소문이 있었어요. 매번 헛소문이었죠. 그런데 작년 말에 도쿄에서 리사이틀 한다는 뉴스가 나니까 사람들이 우리 회장 인스타에 가서 댓글을 막 달기 시작한 거예요. 회장님, 회장님, 루바 공연 열어주세요! 그러면서."

팔로워들의 반응을 본 회장은 거북이알을 따로 불러 특별 지시를 내렸다고 했다.

"루보프 스미르노바 내한공연 올해 안으로 무조건 성사시키게. 돈은 생각하지 말고."

그러면서 특진이라는 보상까지 내걸었다는 것이었다.

거북이알은 겨우내 러시아를 세번이나 들락거리며 섭외에 열을 올렸다고 했다. 직장 경력 십오년 동안 가장 열심히 일한 기간이 바로 그때인 것 같다면서, 그녀는 잠시 회상에 잠겼다. 결국 거북이알은 루바의 첫 내한공연을 성사시켰다. 회장은 크게 기뻐했고 다음 분기 특진을 약속했다.

"한창 실무가 진행되고 있을 때였어요. 같이 일하던 인턴이 하나 있었거든요. 걔가 '차장님, 고객센터에서 루보프 스미르노바 내한하는 거 맞느냐고 문의가 너무 많이 들어온다는데요. 이제 홈페이지에 공지 띄우는 게 어떨까요?' 그러더라고요. 보통 늦어도 육개월 전에는 공지하기 때문에 그렇게 하라고 했죠. 국내에도 루바 팬이 생각보다 많더라고요. 공지 띄우자마자 사람들이 우리 회장 인스타로 달려가서 또 댓글을 잔뜩 달기 시작한 거예요. 회장님, 회장님, 감사합니다! 그러면서."

거북이알이 대외홍보팀에서 보내온 보도자료를 검토하고 있을 무렵, 회장에게서 긴급호출이 왔다고 했다. 공지가 올라간 지 한시간도 채 되지 않아서였다. 그녀는 영문도 모른 채 회장실로 불려 갔는데 그때 이미 회장은 진노 상태였다고.

"얼굴이 귀까지 시뻘게져서는, 누가 마음대로 공지 올렸냐고 소리를 빽 지르더라고요."

"왜요?"

"자기 인스타에 제일 먼저 올리고 싶었나봐요."

나와 거북이알은 누가 먼저랄 것도 없이 고개를 테이블 아래까지 떨어트리고 어깨를 들썩이며 웃기 시작했다.

"웃기죠? 웃긴 건 맞는데, 왜 나는 머리가 아플까…… 원래 보고 라인이 회장까지 있었으면 당연히 회장 컨펌 받고 공지했겠지요. 그런데 여태까지는 아티스트 확정만 되면 공지는 실무선에서 알아서 했단 말이에요. 난데없이 그걸 트집 잡을 줄은 몰랐어요. 내가 너무 바빠서 생각이 좀 짧긴 했죠. 우리 회장의 견고한 인스타 자아를 생각했으면 한번 더 물어봤어야 하는 건데."

그 일로 회장은 거북이알의 승진을 취소시키고 그녀를 다른 팀으로 발령 내기까지 했다는 것이었다.

"뭐, 좌천되거나 그런 건 아니었어요. 여기도 그렇게 할 일 없는 부서는 아니거든요. 오히려 카드사의 메인 업무고. 그때까지만 해도 이 기회에 새 업무 해본다 생각하자, 싶었어요."

새로운 팀은 카드의 혜택 조건을 기획하고, 혜택을 제공하는 파트너사와 제휴 업무를 하는 곳이라고 했다. 한달 전, 거북이알이 처음으로 신규카드 혜택 기획을 맡아 프레젠테이션을 하게 되었는데 회장이 예정에도 없이 갑자기 참석해서 깜짝 놀랐다는 것이었다. 회장은 피티 내내 무언가 못마땅한 듯한 표정으로 팔짱을 끼고 있더니 질의응답 시간에 가장 먼저 질문을 던졌다고 했다.

"사람들이 이 카드를 써야만 하는 가장 강력한 이유가 뭔가? 딱 하나만 꼽는다면 뭐라고 생각하나? 그러는 거예요. 그래서 내가 자신 있게 얘기했죠. 네, 이 카드를 쓰면 포인트를 두배로 적립해줍니다. 그랬더니 회장이 이러더라고."

"뭐라고요?"

"그래? 그게 그렇게 강력한 유인이 되나? 사람들이 포인트를 그렇게 좋아하나?"

"다들 좋아하지 않나요?"

"그렇죠. 그래서 또 자신 있게 대답했지. 네, 좋아합니다! 그랬더니 뭐라는 줄 알아요?"

"글쎄요."

"그렇게 좋은 거면 앞으로 일년 동안 이차장은 월급, 포인트로 받게."

회장은 재무팀과 총무팀에 그렇게 지시하라는 말만 남기고 자리를 유유히 떴다고 했다. 이번에는 웃을 수가 없었다.

"정말 너무한 거 아니에요? 그게 말이 되나요?"

거북이알이 웃으면서 말했다. 이 에피소드는 사내에서 반년 정도 회자될 작은 규모의 사건이라는 거였다. 일년짜리, 오년짜리, 십년 내내 구전되는 더한 사건들도 많다고 했다. 그런 자리에 있는 사람들은 우리 같은 일반 회사원들과 사고구조가 아예 다르기 때문에 그들의 논리나 행동에 의문을 갖지 않는 편이 좋다는 것이었다.

"이상하다는 생각을 안 해야 돼요. 그 생각을 하기 시작하면 머리가 이상해져요."

그달 25일, 월급이 들어오지 않았다고 했다. 거북이알은 유비카드 포인트를 조회할 수 있는 홈페이지에 접속했다. 회장의 한마디에 정말로 월급이 고스란히 포인트로 적립되어 있었다. 그 커다란 숫자를 보는 순간, 거북이알은 심장께의 무언가가 발밑의 어딘가로 곤두박질쳐지는 것만 같은 모멸감을 느꼈다고 했다. 그녀가 내게 물었다.

"회사에서 울어본 적 있어요?"

나는 잠시 생각에 잠겼다가 고개를 저었다.

"내가 회사 생활 십오년 하면서 한번도 운 적이 없었거든요. 루바 공연 건 때문에 특진 취소되고, 팀 옮겨지고, 강남에서 판교로 짐 싸서 올 때도 눈물이 안 났어요. 그런데 그 포인트를 보고 있는데 눈물이 나더라고요. 포인트가 너무 많아서. 너무 막막해서."

굴욕감에 침잠된 채로 밤을 지새웠고, 이미 나라는 사람은 없어져버린 게 아닐까, 하는 마음이 되었다고. 그런데도 어김없이 날은 밝았고 여전히 자신이 세계 속에 존재하며 출근도 해야 한다는 사실을 마주해야 했다. 억지로 출근해서 하루를 보낸 그날 저녁, 이상하게도 거북이알은 결국 아무것도 달라지지 않았다는 사실을 깨닫게 되었다. 포인트로 모닝커피 마시고, 포인트 되는 식당에서 점심 먹고, 포인트로 장 보고, 부모님 생신선물도 포인트로 결제했다. 그렇게 일주일을 더 보내고 나자 그녀는 모든 것을 한결 편하게 받아들일 수 있었다.

"원래 내가 받았어야 하는 건 포인트가 아니라 돈인데…… 사실

돈이 뭐 별건가요? 돈도 결국 이 세계, 우리가 살아가는 시스템의 포인트인 거잖아요. 그래서 그냥 이렇게 생각하기로 했죠."

"어떻게요?"

"포인트를 다시 돈으로 바꾸면 되는 거잖아."

그때부터 거북이알은 포인트를 돈으로 전환하는 가장 효율적인 방법을 찾아 나섰다고 했다. 우선 잘 팔릴 법한 물건들을 포인트로 한두개씩 주문한 다음, 사진을 찍어서 중고거래 앱 — 내가 만들고 있는 우동마켓 — 에 올리고, 댓글이 달리면 직접 만나서 물건을 거래해온 것이었다. 이야기를 듣던 내가 조심스럽게 물었다.

"그래도 원래 가격보다 조금 더 싸게 팔아야 하잖아요. 또 직접 수분하고, 이렇게 사람 만나는 데 아무래도 시간과 노력을 써야 하고…… 분명히 거북이알님이 손해 보는 게 있잖아요."

"직원 아이디 넣으면 할인가로 살 수 있어요. 물건 주문하는 건 근무시간에 하죠. 이렇게 점심시간이나 외근 나가면서 직거래하고요. 개인 시간은 잘 안 써요. 내 나름대로 손해를 최소화하는 방향으로 밸런스를 맞추고 있어요."

왜 그 순간이었는지는 모르겠는데, 나는 그 말을 듣고 나서 거북이알에게 이렇게 말했다.

"사실, 저 우동마켓 직원이에요."

거북이알은 놀란 눈으로 날 바라보면서 대뜸 박수를 한번 딱, 소리 나게 쳤다. 기도하듯 모인 그녀의 두 손이 잠시 그녀와 나 사이에 놓였다.

"정말이에요? 내 은인을 여기서 만나네."

거북이알은 우동마켓이 얼마나 쓰기 편한지, 얼마나 세심하게 잘 만들어진 앱인지, 비슷한 다른 서비스에 비해 어떤 점이 더 좋은지 등등 문자 그대로 고객의 소리를 생생하게 들려줬다. 특히 그녀는 '게시물 끌어올리기' 기능을 가장 좋아한다고 했다.

"중고카페 같은 데는 글이 뒤로 밀리고 나면 끌어올리는 것도 일이에요. 새로 글 쓰면서 내용을 다시 복사하고, 붙여넣기 하고, 또 사진 새로 첨부해야 하고…… 나처럼 여러개를 올리는 사람은 그걸 일일이 하는 게 귀찮단 말이에요. 그런데 우동마켓은 버튼 한번만 딱 누르면 바로 끌어올려지니까 너무 편하더라고요."

끌어올리기 기능은 내가 아이디어를 내서 기획한 것이었다. 어뷰징을 막기 위해 삼일에 한번씩만 사용할 수 있게 해두었다.

"채팅 기능도 편하고, 구매자를 평가할 수 있는 기능도 잘 쓰고 있어요. 그런데 이미 올린 글의 대표 사진을 바꾸려고 할 때 가끔씩 잘 안 되는 경우가 있더라고요. 글쓰기 화면에서는 바뀌어 있는데 확인 버튼을 누르면 그대로예요."

그건 이미 알고 있는 문제였다. 케빈이 열심히 고치고 있을 것이다.

"그 버그는 파악해서 수정하고 있어요. 다음번 업데이트 받으시면 아마 잘 될 거예요."

거북이알은 크게 기뻐하면서 앱스토어에 꼭 별점을 남기겠다고 했다.

우리는 까페 밖으로 나왔다. 완연한 봄, 여름으로 다가가고 있는 봄을 느꼈다. 전날까지만 해도 아침저녁으로는 쌀쌀한 초봄이었는데, 목덜미에 따뜻한 햇볕이 느껴지면서 등에 살짝 땀이 배기 시작했다. 목에 사원증을 건 회사원들이 얇은 트렌치코트를 저마다 팔뚝에 걸친 채로, 한 손에는 테이크아웃 커피를 들고 걸어 다니고 있었다. 직장인들이 몸을 움직이고 볕을 쬘 수 있는 유일한 시간이었다. 케빈이 다녔다는 포털사의 사원증을 목에 건 무리가 우르르 지나갔다. 나야 전에 일하던 에이전시가 망하고 나서 불러주는 데가 여기밖에 없어서 온 거지만, 대체 그렇게 똘똘하다는 케빈이 왜 이 회사에 왔는지 궁금했던 적이 있다. 대표가 입버릇처럼 하는 말이 '연봉은 광고 붙이고 나면 그때부터 잘 챙겨주겠다'여서 돈으로 유인한 것도 아닐 텐데, 싶었다. 의외로 대표가 케빈에게 내민 카드는 '개발적으로 하고 싶은 거 다 하게 해주겠다'였다고. 겨우 그런 말로 설득을 한 것도 신기했지만, 고작 그런 말로 설득이 된다는 것도 놀라웠다. 그래서 케빈은 지금 '개발적으로' 하고 싶은 걸 다 하고 있나 모르겠다. 매일 나오는 버그 잡기 바쁜 것 같은데.

거북이알은 외근이 있어서 차를 세워둔 판교역 근처의 주차장으로 가야 한다고 했다. 우리는 길을 건너기 위해 함께 육교에 올랐다. 그런데 계단을 다 올라가고 나서 어딘가 이상한 점을 발견했다. 육교가 길 건너편으로 이어진 게 아니라 다시 우리가 있던 쪽으로 이어져 있었기 때문이다. 한마디로 육교가 도로를 가로질러야 하는데, 도로와 평행하게 놓여 있었다. 거북이알이 내게 물었다.

"이상하네. 이걸 육교라고 할 수 있을까요?"

"글쎄요. 설계를 잘못한 것 같은데요."

"이렇게 하면 육교 아래쪽에 그늘이 생기니까 비나 햇볕을 피하라고 만들어놓은 건 아닐까요."

"직장인들이 하루 종일 책상에 앉아만 있으니까 잠깐이라도 운동하라고 만들어놓은 것일지도 모르겠어요."

"그냥 조형물일 수도 있어요. 법으로 정해두는 바람에 할 수 없이 만든 것 같은 성의 없는 조형물이 건물마다 하나씩 있으니까."

"어떡할까요?"

"다시 내려가야죠, 뭐." 그녀가 말을 이었다. "그런데, 여기 있으니까 되게 잘 보이긴 하네요."

거북이알은 육교의 중간쯤에서 난간 쪽으로 다가가더니 거기에 양팔을 올리고 턱을 괴었다. 나도 그녀 옆에 다가가서 주변 풍경을 둘러봤다. 표면이 거울처럼 반짝이는 빌딩들이 빼곡하게 펼쳐져 있었다. '테크노밸리'라는 이름을 너무나 의식한 탓에 지나치게 미래적으로 지어진 건물들. 처음 이곳에 왔을 때는 SF영화에서 본 비정한 우주도시 같다고 생각했다. 하지만 테크노밸리에도 겨울이 지나면 물이 흐르고, 봄이 오고, 벚꽃이 예쁘게 피고, 또 여름이 올 것이다. 거북이알이 손가락으로 무언가를 가리켰다.

"우와, 저기 엔씨 빌딩 진짜 멋지다."

판교에서 가장 큰 게임 회사인 엔씨소프트 사옥이었다. 회사 규모만큼 건물의 크기도 압도적이었다. 내가 말했다.

"저 건물에 유리 한두장 정도는 제가 붙였다고 봐야 할 거예요."

"리니지 하나봐요?"

"예전에요."

"이 동네에는 스타트업도 많죠?"

"엄청 많아요. 저희가 입주해 있는 건물에도 대여섯개는 있을 걸요."

"어디서 읽었는데, 전체 스타트업 중에서 마지막까지 살아남는 비율은 3퍼센트밖에 안 된다고 하더라고요. 어때요, 우동마켓은 성공할 것 같아요?"

나는 다시 엔씨소프트 사옥을 바라봤다. 거대한 건물 가운데가 뻥 뚫려 있었다. 옆으로 길쭉한 'ㅁ'자 같은 모양새였다. 그 사이로 한낮의 쨍한 하늘이 보였다. 사원증을 걸고 커피를 들고 돌아다니다보면 누구나 한번씩 올려다보게 되는 네모난 하늘이었다. 나는 액자 틀을 두른 것 같은 네모반듯한 하늘을 볼 때마다 그 속으로 무언가가 통과해 지나가는 상상을 했다. 용, 새떼, 열기구, 헬리콥터.

"글쎄요. 저희 대표나 이사는 매일매일 그런 생각을 하겠죠? 어떻게 돈 끌어오고, 어떻게 돈 벌고, 어떻게 3퍼센트의 성공한 스타트업이 될지 잠들기 직전까지 고민하느라 걱정이 많을 거예요. 전 퇴근하고 나면 회사 생각을 안 하게 되더라고요."

"나도 그래요. 사무실 나서는 순간부터는 회사 일은 머릿속에서 딱 코드 뽑아두고 아름다운 생각만 하고 아름다운 것만 봐요. 예를 들면 거북이라든지, 거북이 사진이라든지, 거북이 동영상이라든지."

내가 고개를 돌려 거북이알을 쳐다봤을 때 그녀는 이미 스마트폰을 꺼내 사진첩을 스크롤하고 있었다. 그리고 클로즈업으로 찍힌 거북이 옆얼굴 사진을 하나 보여줬다. 거북이의 눈 밑이 선명한 주황색이었다.

"귀엽죠? 우리 집 거북이예요. 이름은 람보."

그녀가 덧붙였다.

"람보르기니의 람보."

내가 이해했다는 듯 고개를 끄덕이자 이번에는 조금 전과 별로 달라 보이지 않는 거북이 사진을 내밀며 말했다.

"얘는 둘째 마쎄."

"……라티?"

"오, 그렇지."

그녀는 신이 나서 — 역시나 방금 두마리와 그리 다르지 않은 — 거북이 사진을 한장 더 골라 내밀었다.

"얘가 막내고."

"페라일까요? 페라리의."

"자기, 엄청 똘똘하구나."

나는 지갑을 꺼내면서 거북이알에게 물었다.

"우동마켓에 올려두신 물건이요. 한개 더 살 수 있을까요?"

＊

　사실 회사에서 울어본 적이 있다. 거북이알에게는 말하지 않았
지만. 등 뒤에서 들려오는 케빈의 한숨 소리가 너무 신경 쓰여서
찰나의 순간만큼 짧게 운 적이 있었다. 화장실 문을 발로 세게 걸
어차던 순간이었다. 문을 탕, 하고 걸어차는 순간 와륵, 눈물이 났
고 그게 다였지만, 그걸 두고 울지 않았다고 할 수는 없었다.

　나는 거북이알의 차 트렁크에 있던 작은 레고를 하나 샀다. 케
빈의 책상 위에 놓여 있는 것과 같은 스타워즈 시리즈였다. 레고를
좋아한다는 건 케빈이 입사하기 전부터 알고 있었다. 대표의 인맥
을 통해 모셔오는 인재라 입사가 거의 확정되어 있었지만, 그래도
면접을 아예 안 볼 수는 없지 않냐며 마련한 형식상의 면접 자리에
서였다. 서너개의 개발 관련 질문이 끝나고 대표가 케빈에게 마지
막 질문을 했다.

　"우리 회사는 소규모잖아요. 그래서 개발만 잘하면 되는 게 아니
라 사람들이랑도 잘 어울릴 수 있어야 하거든요. 열명도 안 되는데
트러블이 생기면 여기는 피할 수도 없는 곳이잖아. 매일 봐야 하니
까. 그래서 어떤 소셜함, 이런 것도 중요하거든. 사람들하고 잘 어
울릴 수 있겠어요?"

　그때 케빈은 카이스트 레고 동호회에서 삼년 동안 총무일을 했
던 경험을 예로 들며 자신의 사회성을 증명하려고 했다. 나는 대표
옆에 투명인간처럼 앉아 있다가 비어져나오는 웃음을 애써 참아야

했다. 카이스트, 레고, 총무. 그 어느 하나도 사교적으로 들리지 않
는데. 총무가 아니라 회장이라면 또 몰라. 내성적인 개발자는 대화
할 때 자기 신발을 보고 외향적인 개발자는 상대방의 신발을 본다
더니. 이 세계에서 레고 동호회란 대체 뭐란 말인가. 크레이지 파티
광쯤 되는 건가.

오후 한시 십분. 나는 사무실 건물 옥상으로 올라갔다. 케빈이 매
일같이 담배를 피우는 시간이었다. 사람이 얼마나 규칙적이고 로
봇 같은지, 담배도 항상 같은 시간에만 피웠다. 나는 예상했던 대로
담배를 다 피우고 돌아서는 케빈과 마주칠 수 있었다. 케빈은 나를
보고 흠칫 놀라더니 내 손에 들린 레고 스타워즈 시리즈 다스베이
더 트랜스포메이션을 보고 한번 더 소스라치게 놀랐다. 내가 레고
박스를 내밀면서 말했다.
"미리 생일선물이에요."
머리로는 이걸 받아도 되나, 생각하는 것 같았지만 이미 손은
레고 박스로 향하고 있었다. 알고리즘에 오류가 생긴 로봇 같았다.
"혹시, 이미 가지고 있는 건 아니죠?"
"아뇨, 없는 거예요. 안 그래도 사려던 건데……"
배와 양손 사이에 박스를 끼워 넣고 모서리를 만지작거리던 케
빈이 나와 눈을 마주치지 않고 대답했다. 나는 케빈이 담배를 피우
던 옥상의 가장자리로 천천히 걸어갔다. 그리고 화단의 벽돌을 밟
고 올라서서 바깥 풍경을 둘러봤다. 여기에서도 'ㅁ'자 모양의 건

물이 보였다. 거북이알과 서 있던 이상한 육교도 알아볼 수 있었다. 나는 돌아서서 케빈에게 말을 건넸다.

"코드를 좀 멀리서 보면 어때요?"

케빈이 말없이 나를 올려다봤다.

"자기가 짠 코드랑 자기 자신을 동일시하지 않았으면 좋겠어요."

내가 덧붙였다.

"버그는, 그냥 버그죠. 버그가 케빈을 갉아먹는 건 아니니까."

케빈의 시선이 내 운동화 쪽으로 향해 있었다. 나는 화단에서 풀쩍 내려와 바닥에 두었던 쇼핑백에서 캡슐커피머신 상자를 꺼내 들었다.

"이거 텅비실에 놔둘게요. 같이 마셔요. 캡슐은 대식이한테 사달라고 하려고요."

그 순간 케빈과 내 스마트폰 알림이 거의 동시에 울렸다. 우리는 주머니에서 각자의 스마트폰을 꺼내서 들여다봤다. 케빈과 내가 똑같은 얼굴을 하고 웃었다.

*

사무실에 혼자 남아 있는데 퇴근한 줄 알았던 대표가 갑자기 들어와서 말을 걸었다. 금요일인데 왜 일찍 집에 가지 않느냐는 것이었다. 나는 할 게 좀 남았다고 둘러댔다. 그러자 대표가 감명한 듯한 얼굴이 되어서는 나를 내려다보며 말했다.

"광고만 붙이고 나면, 내가 돈 많이 벌어서 기획자 한명 더 뽑아줄게."

"기획자 뽑기 전에 아이폰 개발자부터 뽑으세요. 제가 죽겠어요."

"왜, 케빈 요즘도 안나한테 짜증 부리나?"

"말해 뭐 해요."

"케빈 이 새끼 이거, 오냐오냐해줬더니 안 되겠네."

대표가 난데없이 케빈의 의자를 발로 세게 걷어찼다. 바퀴 달린 사무용 의자가 사무실 입구까지 속절없이 굴러갔다. 케빈 앞에서는 절대 못할 행동이었다. 케빈이 퇴사한다고 하면 대표는 무릎이라도 꿇으면서 붙잡을 사람이었다.

"둘이서 하기도 힘든 걸 혼자 하고 있으니 본인도 얼마나 힘들겠어요. 아무리 천재라고 해도요. 걔가 뭐 스티브 잡스예요?"

"알겠어. 내가 광고만 붙이면 진짜, 아이폰 개발자도 뽑고 안나 후배도 뽑아줄게."

나는 책상 위에 놓여 있던 종이컵 서너개를 한데 차곡차곡 모아 쓰레기통에 버렸다.

"데이빗, 우리도 이제 믹스커피 마시지 말고 캡슐커피 마셔요. 머신은 제가 가져올 테니까."

"으응…… 그게 많이 비싼가?"

"당연히 믹스커피보다는 비싸죠. 대신 그만큼 일의 능률이 오르지 않겠어요? 자동차만 해도 일반 휘발유 넣는 거랑 고급 휘발유 넣는 거랑 차이가 날 텐데."

대표는 선뜻 대답하지 못하고 팔짱을 낀 채로 머뭇거리더니 말했다.

"한번 검토해보고. 최대한 긍정적으로 생각해볼게요."

그러더니 이렇게 덧붙였다.

"내가 안나 눈치 진짜 많이 보는 거 알지?"

불쌍한 척은.

사실 야근하려고 남아 있던 건 아니었다. 루보프 스미르노바 리사이틀 예매가 아홉시부터 시작이었는데 집에 도착하면 아홉시를 훌쩍 넘길 것 같았다. 아예 회사에서 시간을 때우다가 예매에 성공한 다음 마음 편히 퇴근할 생각이었다.

나는 예매 사이트의 서버 시세를 켜두고 21:00:00이 될 때까지 기다리면서 '고독한 조성진' 채팅방에 접속했다. 들어가자마자 누군가가 "카네기홀 사진 고화질로 보내주세요"라는 문장이 쓰인 조성진 사진을 올렸다. 나는 내 맥북의 '쇼팽' 폴더를 열었다. jpg, gif, avi로 된 수천개의 조성진이 모니터 위에 좌르륵 펼쳐졌다. 그중 하나를 더블클릭했다. 입을 오리처럼 오므리고 앞머리를 찰랑거리며 연주하고 있는 gif 파일이 떠올랐다. 소리는 들리지 않았지만 나는 그가 연주하고 있는 곡이 드뷔시의 「달빛」이라는 걸 알 수 있었다. 완벽하게 잘생겼다. 사람이 어쩜 이렇게 우아하게 생겼을까.

이번에는 카네기홀 사진을 모아둔 폴더를 열었다. 그중 화질이 좋은 몇장을 채팅방에 보냈다. 그러자 또 금방 사진이 한장 도착했다. 그랜드피아노에 턱을 괴고 있는 조성진의 프로필 사진이었다.

여백에는 삐뚤삐뚤한 글씨로 이렇게 쓰여 있었다.

감사합니다, 선생님. 사시는 동안 적게 일하시고 많이 버세요.

아홉시가 되기 전까지 해야 할 일이 또 있었다. 몇달 전 예매해 두었던 조성진 홍콩 리사이틀이 벌써 다음 달이었다. 공휴일과 주말, 그리고 아껴둔 연차를 하루 붙여서 삼박 사일을 놓고 공연도 볼 것이다. 항공권 예매 사이트에 접속한 다음, 홍콩행 왕복 티켓을 결제했다. 조금 비싼가 싶었지만 오늘은 월급날이니까 괜찮아,라고 생각했다.

* 제목은 알랭 드 보통이 쓴 동명의 에세이에 착안했다.

나의
후쿠오카 가이드

입국심사를 마치고 국제선 터미널로 나오자마자 버스 매표소가 보였다. 지유씨가 설명해준 대로였다. 나는 휴대폰을 꺼내 지유씨가 메신저로 보내준 일본어 문장을 창구에 앉아 있는 판매원에게 내밀었고, 유후인으로 가는 버스 티켓을 받을 수 있었다. 티켓을 받아 들자 판매원이 손가락으로 출구 방향과 자신의 손목시계를 번갈아 가리키며 뭐라고 말했다. 출발시간이 얼마 남지 않았으니 빨리 승강장으로 가라는 말일 터였다. 승강장을 향해 급하게 뛰다가 이 모든 상황이 믿기지 않아 갑자기 헛웃음이 터졌다. 전날 오전까지만 해도 다음 날 오후에 내가 이곳 후쿠오카 국제공항에 있을 거라고는 상상도 하지 못했으니까.

지유씨와 다시 연락이 닿은 건, 내가 먼저 안부 메시지를 보낸 지 정확히 일주일이 지나서였다. 다시 연락해볼까, 하고 늘 생각만 하다가 거의 일년 만에 보낸 메시지였다. 답장이 없는 일주일 동안 무시당했다는 생각에 혼자 '너무하네'라고 중얼거렸다가, '메신저를 안 볼 수도 있지'라고 생각했다가, '누구하고도 이야기하고 싶지 않은 상황인가보다' 했다가 결국은 다시 '너무하네'로 돌아왔다. 그렇게 생각이 서너바퀴쯤 돌았을 때 지유씨가 답장을 보내왔다. 지훈씨 오랜만. 그 평범한 한 문장에 '너무하네' 같은 건 바로 잊을 수 있었다.

회사 경조사 게시판에 '법무팀 송지○○ 배우자상'이라는 제목의 글이 올라온 게 작년 봄이었다. 같은 게시판에 지유씨의 결혼 소식이 올라온 지 세달도 채 지나지 않아서였다. 사람들은 회사 식당에서, 로비에서, 흡연구역에서 누구나 그 이야기를 했고, 마치 떫은 맛에 중독된 사람처럼 미간을 찌푸리면서도 그 일을 자주 입에 올렸다. 교통사고였다더라, 한창 신혼에 그렇게 되어 불쌍하다,라며 혀를 찼다. 그 와중에 어떤 사람들은 "유부녀였어?"라는 말을 했고 "혼인신고를 했을까 안 했을까" 같은 이야기를 하는 사람도 있었다. 나는 조의를 가야 하나 고민하다 팀 대표로 장례식장에 가는 사람 편에 조의금을 좀 많이, 그러니까 평소 내는 금액의 두배 정도를 보내기로 했다. 그때는 지유씨가 경조휴가를 마치고 나서 그렇게 바로 회사를 그만둘 줄은 몰랐었다.

지유씨는 퇴사 후 일본에서 지내고 있다는 근황을 전했다. 이미 회사 사람들에게서 들어 알고 있던 사실이었지만, 나는 지유씨가 민망할까봐 처음 듣는 이야기인 것처럼 반응했다.

전 요즘 후쿠오카에서 지내요.

거기 지진 난 곳 아닌가요?

그건 후쿠시마죠.

후쿠오카는커녕 일본에 한번도 가본 적이 없다는 내 말에 지유씨는 진심으로 깜짝 놀란 것 같았다. 서른셋 먹도록 가까운 일본도 안 와보고 뭐 했어요,라더니 생각보다 촌놈이라며 놀렸다. 예전처럼 가까워진 것 같아서 놀림 받는 게 좋았다.

언제 한번 후쿠오카 놀러 오면 맛집 가이드는 확실하게 해줄세요.

사주는 건가요?

그럼요.

저 이런 말 들으면 안 잊어요.

어색할까봐 걱정했는데 어제 본 사람처럼 자연스럽게 대화가 이어졌다. 하기는, 일년 전만 해도 거의 매일 얼굴을 마주하는 사이였으니까. 우리는 같이 일했던 어리바리한 신입사원에 대해, 부장의 다이어트에 대해, 대표의 얼마 전 신문 인터뷰에 대해 이야기하며 웃었다. 우리는 단어 하나만으로도 웃을 수 있는 맥락과 그로부터 비롯된 웃음 코드를 공유하고 있었다. 지유씨는 내게 요즘 회사 분위기가 어떤지를 물었다. 나는 오늘부터 창립기념일, 어린이날, 석가탄신일, 주말이 연달아 붙은 황금연휴라 다들 놀러 가는 시기라고 일부러 한탄하듯 말했다.

　지훈씨는 왜 어디 안 가요.

　나는 그러게 말이에요,라고 입력했다가 백스페이스를 재빨리 눌러 그 말을 지우고 이렇게 다시 썼다.

　후쿠오카 티켓이나 알아볼까 생각 중이에요. 거기 가면 가이드도 해주고 밥도 사준다는 사람이 있긴 한데.

　지유씨는 메신저로 한참을 크크크, 하고 웃었다. 실제 웃음소리와도 비슷했다. 나는 그녀의 옆얼굴을 떠올렸다. 동그란 이마에서 이어지는 콧등. 웃을 때 그곳에 주름을 만드는 버릇이 있었다. 나는 연이어 시답지 않은 농담으로 지유씨를 웃게 만들었다. 동시에 노트북으로는 후쿠오카행 티켓을 검색했다. 마침 다음 날 오후 두시 출발인 비행기가 있었고, 어쩐지 마지막 기회라는 생각이 들어 결제까지 해버리고 말았다. 순식간이었다. 결제 완료 버튼을 누르기 직전에 잠깐 주저하긴 했는데, 전 여자친구 중 한명이 그 항공사의 국제선 승무원이어서 그랬다. 망설임은 사소했고 정말이지 찰나에 불과했다. 어차피 일본까지는 한두시간밖에 걸리지 않으니 혹시 만나더라도 껄끄러운 건 금방 지나갈 것이었다. 그리고 사실 그런 기준으로 항공사를 하나씩 제외하고 나면 탈 수 있는 비행기의 종류가 얼마 남지 않기 때문이기도 했다. 나는 출발시각과 도착시각이 찍힌 항공권 결제 완료 화면을 핸드폰 카메라로 찍어 지유씨에게 바로 전송했다. 지유씨는 그걸 보고 한참을 또 크크크, 웃더니 이렇게 말했다.

나 이렇게 추진력 있는 사람 처음 봤어요.

그 말이 싫지 않았다. 나는 그 기간에 혹시 다른 계획이 있는지를 물었다. 그녀의 대답은 더할 나위 없이 빛나고 완벽했다.

아뇨, 일본도 황금연휴예요. 고르덴 위크.

됐다, 됐어. 그때부터 나는 마음 놓고 속도를 냈다. 뱉은 말은 반드시 지키라며 비싼 밥을 얻어먹겠다고 장난쳤다. 지유씨는 불과 오분 전에 한 약속이긴 하지만, 약속은 약속이니 지키겠다며 웃었다. 심지어 그녀가 먼저 일정을 제안했다.

그럼, 유후인으로 먼저 오는 게 어때요? 내가 지금 여기서 쉬고 있거든요.

자신이 머무는 곳 근처로 내 숙소를 잡아주겠다는 것이었다. 같이 유후인 관광을 하고 그다음에 후쿠오카로 넘어가자고 했다. 유후인이든 후쿠오카든 후쿠시마든 전혀 중요한 게 아니었고 그녀가 있는 곳으로 가는 게 중요했으므로 나는 무조건 좋아요, 아 좋죠,라는 말만 반복했다.

사실 지유씨와 특별한 관계였던 것은 아니었다. 다만 우리 사이에 특별한 기운이 흘렀던 것만은 확실했다. 서른셋 먹도록 여행은 많이 못해봤어도 여자는 많이 만나본 편이었다. 연애의 가능성이란, 얼굴을 마주하고 한두마디만 나누어보면 금방 도드라져서 감지하기 쉬운 종류의 것이었다. 다만 나는 이십대가 아닌 삼십대였으므로, 적절한 시기를 기다릴 줄 알았다.

처음 만났을 때 그녀에겐 남자친구가 있었고 나 역시 만나는 여자가 있는 상황이었다. 큰 문제는 아니었다. 오히려 서로의 연애를 터놓고 이야기하면서 둘 사이에 은근한 성적 긴장을 만들 수 있었고, 그쪽 남자친구의 흠결을 자주 상기시킬 수도 있었다. 자주 사용하기도 하고, 또 곧잘 통하는 방법이기도 했다. 하지만 지유씨는 자기 연애사를 잘 드러내지 않는 편이었다. 대화를 은근슬쩍 그쪽으로 유도해봐도 잘 먹히지 않았고, 대놓고 애인의 근황을 물어도 물은 것에만 간단하게 대답할 뿐 먼저 이야기를 꺼내지는 않았다. 그래도 급할 건 없었다. 호감을 잃기 싫어서 그렇게 반응하는 여자도 드물지만 간혹 있었다. 나는 노련하게 기다렸다. 내 쪽이든 상대 쪽이든 끝내 양다리 상황은 만들지 않는다는 게 나의 요건이었다. 여유 있게 친분을 쌓아가면서 언제부터 본격적으로 어필할까 은근히 벼르고 있었는데, 예기치 못하게 그녀가 청첩장을 내밀었다. 목에 리본을 맨 청둥오리 두마리가 그려진 카드였다.

"예쁘죠? 제가 그린 거예요."

나는 뜻밖의 패배를 인정해야 했다. 짝사랑이란 걸 했다는 사실이 생경하게 느껴졌다. 지유씨의 결혼식이 있던 날, 축의금만 보내놓고 집에 틀어박혀 있자니 어쩐지 청승맞게 느껴져서 혼자 드라이브를 나갔다. 강변북로를 따라 무작정 달리다가 한강대교로 진입해 강을 건너는데, 반대쪽 차선에서 보닛에 커다란 리본을 달고 달리는 웨딩카를 마주쳤다. 그럴 리 없겠지만 그 안에 지유씨가 있는 것처럼 느껴졌다. 그녀와의 관계에 지나치게 여유를 부려서 타이밍을 놓쳤다는 생각이 들었다. 흘려보냈던 몇번의 결정적 순간

들도 떠올랐다. 그래도 괜한 미련은 갖지 않기로 했다. 만나던 여자는 어차피 헤어질 타이밍이라고 생각해서 정리했고, 그 후로도 금세 또 다른 사람을 만날 수 있었다.

지유씨가 다시 싱글이 되는 상황을 생각해보지 않은 건 아니었다. 결혼했다고 해서 영원한 세상은 아니니까. 하지만 사별은 예상하지 못한 일이었다. 맹세컨대 바란 적도 없었다. 어차피 나의 애도는 그녀에게든 나에게든 큰 도움이 되지 않을 거라고 생각해서 짧게 하고 끝내버렸다. 나는 그냥 내 상황만 생각하기로 했다. 원래 사람은 다 이기적이니까. 나에게 다시 주어진 기회라고만 여겼다. 배우자가 죽고 나면 언제쯤 괜찮아지는 걸까요? 이런 건 검색창에 쳐봐도 정답이 나오지 않았다. 결혼 기간의 두배? 두달 살았으니 그럼 사개월? 아니면 일년이면 괜찮아지는 걸까? 조급했다. 어쨌든 이제는 그녀의 황금연휴를 잡았다. 남은 건 명백했다. 후쿠오카에 간다. 지유씨를 만난다. 그다음부터는, 내가 자신 있는 것들뿐이었다.

DAY 1

역에서 택시를 타고 숙소에 도착했을 때는 해가 뉘엿이 지고 있을 즈음이었다. 아무런 정보 없이 급하게 온 터라 도착하고 나서야 숙소가 호텔이 아니라 료칸이라는 것을 알았다. 먹색 기와가 얹어진 대문을 지나자 대나무가 몇그루 서 있는 정갈하고 아담한 정원이 나왔다. 둥근 자갈 위에 놓인 돌다리를 하나씩 밟고 걸어 들어가자 료칸 건물 앞에 서 있는 지유씨가 보였다. 자잘한 꽃무늬 패턴의 기모노 같은 것을 입고 있었다. 그게 기모노가 아닌 유카타라는 옷이고, 여기에서는 나도 그 옷을 입어야 한다는 사실은 나중에 알았다. 지유씨는 단발머리를 어깨 너머까지 기른 것 말고는 일년 전 모습 그대로였다.

"이렇게 또 보네요."

지유씨가 말했다. 내가 좋아하던 바로 그 목소리였다.

"지유씨 그대도네요."

진심이었다. 괜히 마음 한구석이 아릿해졌다. 지유씨에 대한 내 감정이, 어쩌면 내가 기억하고 있던 것보다 훨씬 더 컸을지도 모른다. 그제야 그런 생각이 들었다. 지유씨는 료칸 직원에게 받은 열쇠를 내게 내밀었다.

"짐만 올려다놓고 내 방으로 와요."

나는 귀를 의심했다.

"지유씨 방에요?"

"저녁 먹어야 하니까. 옷만 나처럼 이걸로 갈아입고 건너와요. 오른쪽 옆방이에요."

성수기라 숙소를 구하기 힘든 상황이었는데, 마침 지유씨 옆방이 취소되어서 그걸 잡을 수 있었다는 거였다. 그녀가 이 점에 대해서는 특별히 고마워하라며 웃었다. 그런데 왜 자기 방에 오라고 하는 거지? 모든 게 믿기지 않았다. 그간의 불운을 이제야 보상받는 건가, 그런 생각마저 들었다. 우선 료칸 직원의 안내에 따라 이층에 있는 방으로 들어갔다. 일본 영화에서나 보던 다다미방이었고, 작지만 아늑한 분위기였다. 방 한편에 있는 옷장 안에는 지유씨가 입고 있는 것과 똑같은 무늬의 유카타 한벌이 가지런히 접혀 있었다. 나름대로 신경 써서 입고 왔는데 갑자기 꽃무늬로 갈아입어야 해서 당황스러웠지만, 시키는 대로 갈아입고 옆방으로 갔다. 반쯤 열려 있는 문에서 음식 냄새가 풍겨 왔고 안으로 들어가보니 커다란 좌식 테이블에 두사람분의 밥상이 한가득 차려져 있었다. 각자의 나베가 작은 화로 위에서 끓고 있었고 대충 둘러봐도 스무가지가 넘는 음식들이 빼곡했다.

"조금만 더 늦게 왔어도 못 먹을 뻔했어요. 지금이 마지막 타임이라." 그녀가 서리가 하얗게 낀 잔에 맥주를 따르며 말했다.

"방에서 이렇게 먹는 줄은 몰랐어요." 내가 말했다.

"지훈씨, 진짜 일본 처음 와봤구나." 그녀가 웃었다.

지유씨와 밥상을 두고 마주 앉았다. 모든 게 기대했던 것 이상으로 흘러가고 있었다. 머리가 얼얼할 정도로 시원한 맥주 한모금. 눈앞에 유카타를 입은 그녀. 그리고 그녀와 나누는 대화. 맞아, 나는 이 대화를 늘 그리워했었다. 예뻐서 지유씨를 좋아한 게 아니었지만 지유씨는 결과적으로 예뻤다. 사실 예쁜 여자는 많다. 어디에나 있고 마음만 먹으면 언제든 만날 수 있었다. 여태껏 만났던 여자들을 생각하면 지유씨는 사실 눈에 띄는 축도 아니었다. 경험적으로 예쁜 여자는 지루했다. 하지만 지유씨와는 그렇게 오래 알아왔는데도 단 한순간도 무료함을 느낀 적이 없었다. 그녀와는 말이 통한다는 느낌을 받았다. 여태껏 그 어떤 관계에서도 감각하지 못했던 경험이었다. 지유씨와 이야기를 나눌 때면 그녀가 내뱉는 말의 호흡과 나의 호흡이 잘 어우러져 특유의 리듬감 같은 게 생겼다. 우리는 존대와 반말, 유쾌와 재치, 다정함과 짓궂음을 카드 패처럼 번갈아 내놓으며 놀았다. 그녀는 잘 웃었고 또 잘 놀렸다. 공수에 모두 강했다. 정말이지 지루할 틈이 없었다.

지유씨는 일년 전 우리 회사 법무팀에 새로 온 변호사였다. 내가 맡은 신제품 라인의 법무 검토 담당자가 이직하고 그 자리에 입사한 사람이 바로 그녀였다. 인수인계차 첫 회의를 하고 나서 혼자 사내 까페에 들러 커피를 주문하고 있는데, 방금 회의실에서 헤어진 그녀가 대뜸 말을 걸어 왔다.

"사보에 영화 리뷰 실은 거, 봤어요."

아, 그거. 누군가에게 읽히리라는 걸 알고 쓴 글이면서도 처음 만난 사람이 내 글을 읽었다고 말을 걸어 오자 갑자기 얼굴이 화끈거렸다. 신입사원 시절, 사보의 표지 모델을 한 적이 있었다. 그때 알게 된 사보 담당자가 고정 코너를 하나 맡아달라고 부탁하는 바람에 격월로 발행되는 사보에 영화 리뷰를 한편씩 쓰고 있었다. "그럼 제 마음대로 써도 돼요?" "그럼요, 쪽수만 채우면 돼요." "예술영화로 써도 되나요?" "당연하죠, 어차피 아무도 안 봐요." 그런 대화들을 나눴고, 그래서 정말 내키는 대로 쓰고 있었다. 지난달에 내가 뭘 썼더라? 아니 그게 문제가 아니라, 그걸 읽는 사람이 존재했어?

"그 영화를 정말 그렇게 보신 거예요? 따지고 싶은 게 있어서 벼르고 있었거든요."

"혹시 어떤 부분이……"

"마지막 문단이요. '그 어떤 이름도 붙일 수 없는 보편적인 인간과 인간의 사랑'이라고 쓰신 거요. 저는 그렇게 생각하지 않거든요."

지유씨는 백분토론에 출연한 시민 대표처럼 말했다.

"하하, 그러셨구나. 제 해석도 존중해주세요."

지유씨의 요청으로 우리는 커피를 마시면서 사내 까페에서 잠시 토론했다. 사실 내용은 거의 기억나지 않지만 당시 오가는 대화 속에 놓인 공기의 흐름이랄지, 기운이랄지, 그런 것들만큼은 언제든 또렷하게 떠올릴 수 있었다. 우리는 지적 흥분으로 살짝 들떠 있었고 그건 분명 화학적 교감과 같은 빛을 띠고 있었다. 그녀는 긴 대화 끝에 내 해석이 잘못되었음을 인정하라고 했다. 나는 어깨 위로 가볍게 양손을 들었다. "알았어요, 인정." 그리고 대화 중에 캐치해 낸 정보를 활용해 이렇게 덧붙였다. "우리 동갑인 것 같은데, 친구 할까요? 회사 친구."

요리를 먹는 내내 기모노를 입은 료칸 직원들이 종종거리며 다다미방을 들락날락했다. 쉬지 않고 빈 접시를 가져가고 새로운 음식을 들었다. 후식까지 나오고 나자 매니저로 보이는 직원이 들어와 온천 이용법을 설명해줬고 지유씨가 매니저의 말을 바로 통역했다.

"옥상에 있는 노천 온천이 메인이고, 일층에 작은 실내 온천이 있어요. 일층 온천은 아침 시간에는 남탕, 오후 시간은 여탕. 옥상 온천은 그 반대고, 밤 아홉시부터는 혼탕."

"혼탕이요?" 나도 모르게 그런 말이 나왔다.

"왜, 해보고 싶어요?" 지유씨가 물었다.

"꼭 그런 건 아니고⋯⋯"

"손 김에 다 헤뵈요. 이치피 깜깜해서 잘 보이지도 않는데."

"에이, 아니에요." 나는 손을 내저었다.

"생각해보니까, 지훈씨는 지금 안 하면 옥상 온천은 못 가겠다."

"그게 무슨 말이에요?"

"옥상 온천이 메인인데 남자 시간은 이미 끝났고, 일층에 있는 건 내일 아침에 갈 수야 있겠지만 실내고 작고 되게 별로거든요. 여기까지 와서 노천욕 안 해봐도 괜찮겠어요?"

"그러네요." 설득력 있는 말이었다.

"저는 어제 가봤는데 정말 좋았어요. 별이 쏟아지는 거야, 막 이렇게."

지유씨가 머리 위로 뻗은 양 손바닥을 얼굴 쪽으로 가져다대는 시늉을 했다.

"안 해보고 가면 후회할 텐데."

그리고 안타깝다는 투로 덧붙였다. "나는 오늘 한번 더 가려고요."

사진 한장을 떠올리지 않을 수 없었다. 언젠가 지유씨 노트북의 바탕화면을 들여다본 일이 있었다. 야자수가 서 있는 해변의 석양이었고 오른쪽 귀퉁이에 한 여자가 서프보드를 짚고 서 있는 실루엣이 손톱만 하게 보였다. 자세히 들여다보니 여자는 비키니 차림이었고, 더 주의 깊게 봤더니 아주 흐릿하긴 했지만 누군지 알아볼 수 있었다.

"우와, 이거 지유씨야?"

다른 서류를 정리하고 있던 그녀가 후다닥 달려오더니 노트북을 잽싸게 집었다.

"남의 컴퓨터를 왜 그렇게 유심히 보고 그래요." 그녀가 노트북을 끌어당기며 말했다.

"보라고 해놓은 거면서 뭘 그래요."

"그런 거 아닌데요?" 그녀가 입을 삐죽거렸다.

다음 회의 때 곁눈질로 그녀의 노트북을 다시 들여다봤다. 바탕화면은 그대로인데 지유씨의 몸 위에 엑셀 파일 하나가, 마치 이불을 덮은 듯 놓여 있었다.

옥상 온천에 올라가기 전, 방 안에서 푸시업을 했다. 오십개쯤 했을까, 귀밑에서 땀방울이 뚝 떨어졌다. 손바닥에는 다다미 자국이 깊게 남았다. 백개를 채우고 화장실 거울에 상반신을 비춰봤다. 가

습과 배, 삼두에 차례로 힘을 줬다. 그리고 신속하고 깔끔하게 자위했다. 여러모로 한결 편해졌고, 이제야 비로소 혼탕을 문제없이 즐길 수 있을 것 같았다.

계단을 올라 옥상으로 통하는 문을 열었다. 나무로 된 오두막집같은 건물이 가장 먼저 보였다. 탈의실인 모양이었다. 물 흐르는 소리가 들리는 것으로 봐서 이 건물 너머에 온천탕이 있는 듯했다. 탈의실에는 한자로 남·여,라고 적힌 두개의 문이 있었다. 어차피 나가면 탕은 하나일 텐데 이게 무슨 의미인가, 하는 생각이 들었다. 들어가보니 탈의실이랄 것도 없이 플라스틱 바구니 서너개가 선반위에 놓여 있을 뿐이었다. 나는 유카타를 벗어 바구니 안에 넣고, 방에서 가져온 수건을 허리에 둘렀다. 심호흡을 한번 한 다음, 출구로 보이는 문을 열고 나갔다. 옥상은 꽤 넓었다. 낮은 담 너머로 검은 산 그림자에 둘러싸인 유후인 마을의 전경이 보였다. 등 뒤에서 익숙한 목소리가 들렸다. "왔어요?"

탈의실 앞쪽에 그것과 비슷한 크기의 온천탕이 있었다. 탕에는 지유씨뿐이었고, 그녀는 온천탕의 왼쪽 끄트머리에 앉아 있었다. 머리에 하얀 수건을 두르고 고개만 내민 채였다. 나는 가슴께에서 배 아래쪽으로 무언가 쿵, 하고 내려앉는 기분을 느꼈다. 깜깜해서 아무것도 안 보인다더니. 전혀 아니었다. 달빛이 생각보다 환했다. 온천물이 계속 흐르긴 했지만 물살이 그리 세지 않았다. 물에 잠긴 그녀의 오른쪽 옆가슴 실루엣이 얼핏 드러났다. 나는 재빨리 시선을 그녀의 얼굴 쪽으로 돌렸다. 눈이 마주치자 그녀는 천연덕스

럽게도 탕 밖으로 손까지 내밀어 흔들었다. 역시, 하고 나온 건 잘
한 선택이었다. 그래도 혹시 몰라 속으로 되뇌었다. 나는 지금 온천
에 왔을 뿐이다. 침착하자. 지유씨가 고개를 젖혀 하늘을 올려다보
고 있을 때, 나는 허리에 두르고 있던 수건을 재빨리 빼고 물속으
로 들어가 탕의 오른쪽 끝에 자리를 잡았다. 같은 물에 그녀와 내
가 알몸을 담그고 있다. 침착하자.

"어때요? 둘만 있으니까 그렇게 좁진 않죠?"

"그러네요. 별도 잘 보이고."

"지금 이 료칸에 일본 사람보다 한국 사람들이 더 많이 묵고 있
어서 여유로울 거예요."

"그게 무슨 말이에요?"

"한국 사람들은 혼탕 잘 안 오더라고요. 덕분에 어제도 나 혼자
전세 냈잖아."

"하긴, 혼탕이라는 말만 들어도 놀랄 걸요." 마치 나는 아니라는
듯 말했다.

"왜 그럴까요? 그냥 목욕탕인데 뭐. 다 벗고 있으면 막 큰일 나는
줄 알고."

"그러니까."

나는 맞장구를 치다가 그녀에게 물었다.

"그런데 지유씨는 왜 하필 일본에 온 거예요?"

"원래 동생이 일본에 살아요. 가깝기도 하고, 언어도 되니까 일
자리도 금방 잡을 수 있고."

그리고 조금 뜸을 들이더니 이렇게 덧붙였다.

"그냥, 한국에는 계속 있기 싫더라고요. 누구랑 사냐, 남자는 있냐, 결혼은 했냐, 그런 거 일본 사람들은 꼬치꼬치 물어보지 않아서 편해요. 속으로 무슨 생각 하는지는 모르겠지만."

어릴 때 도쿄에 살아본 경험이 있어서 생활방식이 익숙하다는 말도 덧붙였다. 주재원인 아버지를 따라 독일과 일본에서 학교를 다녔다고 했다.

"독일에서도 혼욕하는 거 알아요? 난 그래서 혼욕이 자연스럽거든요. 친구들 초대하면 온천은 꼭 데려오는데, 혼탕은 다들 어색해 하더라고요. 독일에서는 사우나 나 밑이 들어있는데. 이럴 때는 다른 나라에서도 다 그렇게 하는 줄 알았어요."

지유씨의 어린 시절 이야기를 듣고 있는 사이, 한 중년 부부가 옥상에 나타났다. 딱 봐도 한국 사람이었다. 만삭 수준으로 배가 나온 아저씨는 온천의 양끝에 앉은 나와 지유씨의 얼굴을 한번씩 보더니 내가 있는 쪽 맞은편에 슬그머니 자리 잡고 앉았다. 후줄근한 사각 트렁크 팬티를 입은 채였다. 나와 지유씨는 누가 먼저랄 것도 없이 서로를 바라봤다. 둘 다 웃음을 참느라 입술을 깨물고 있었다. 아저씨의 부인으로 보이는 아주머니는 온천탕 가까이에 다가오지도 못하고 멀찍이 떨어져서 두리번거리기만 했다.

"이상한데 이거, 수영복 입고 들어가는 거 맞아?" 아주머니가 몸에 두른 수건을 꼭 붙잡은 채로 중얼거렸다.

그때였다. 지유씨가 갑자기 물 밖으로 일어섰다. 예상치 못한 일이었고 나를 포함해서 옥상에 있던 모두가 반사적으로 지유씨를 쳐다봤다. 아주머니가 갑자기 꺅 하고 소리를 질렀다. 그리고 물속에 잠겨 있는 내 몸을 뚫어져라 보더니 외쳤다.

"여보, 내 말 맞잖아. 이 사람들 다 빨가벗고 있잖아!"

마치 우리가 그걸 못 듣는다는 듯이 말하고 있었다. 아마도 우리가 일본 사람이라고 생각한 모양이었다. 당황한 건 나도 마찬가지였다. 실오라기 하나 걸치지 않은 지유씨의 알몸이 달빛에 그대로 드러났다. 예전에 바탕화면에서 봤던 그 몸이었다. 아니, 그때 흐릿하게 봤던 것보다 훨씬 극적으로 굴곡진 몸이었다. 지유씨는 커다란 수건을 둘러매고 탈의실로 가서 지갑을 챙기더니 자판기 쪽으로 걸어갔다. 아저씨가 흔들리는 눈동자로 나를 쳐다봤다. '너도 알몸이니? 팬티를 입고 있지 않은 거니?' 하는 눈빛이었고 당황한 듯 물에 젖은 무거운 팬티를 추켜올리며 물 밖으로 나왔다. 부부가 황급히 옥상을 빠져나가는 소리가 들렸다. 나는 지유씨가 자판기를 쳐다보고 있는 동안 그녀의 뒷모습을 바라봤다. 수건을 두르고 있었지만 나는 그 안에 어떤 모양의 엉덩이가 있는지 조금 전 보아서 알고 있었다. 엉덩이, 법무팀 송변의 엉덩이, 송지유의 엉덩이였다. 어지러워서 물 밖으로 잠시 일어났다. 시간이 지날수록 온천물 온도가 더 높아지는 것 같았다. 몸이 너무 뜨겁게 달아올라서 얼굴이 터져버리기 직전이었다. 잠깐이었지만 물 밖으로 나와 온몸에 찬 공기를 맞으니 좀 살 것 같았다. 그때 자판기에서 캔 떨어지는 소리가 들렸고 나는 다시 몸을 재빨리 물에 담갔다. 지유씨가 양손에 캔맥주 두개를 들고 씩 웃으며 내 쪽으로 걸어왔다. 나도 미소를 지어 보였다. 지유씨는 또 아무렇지도 않게 몸에 둘렀던 수건을 아주 느린 속도로 풀고 물속으로 들어왔다. 왜 굳이, 그렇게까지 천천히 하는 건지.

"안 더워요?" 그녀가 아사히 캔을 건네며 말했다.

덥지, 왜 안 덥겠어. 나는 태연하게 반대로 말했다.

"생각보다 괜찮은데요."

"팬티 아저씨, 뭐야 정말." 그녀가 야유하며 말했다.

"그러게, 어떻게 팬티를 입고 들어올 생각을 했지?"

갑자기 아저씨의 어금하고 푹 멎은 뭰디끼 멍괴니게 들 디 오요이 터져버렸다. 잠잠하다가도 다시 누군가 풋 하고 새어나오는 웃음을 억지로 참았고 그걸 듣고 다시 웃음이 터져서 한참을 꺽꺽댔다. 별것도 아닌데 뭐가 이렇게 재밌지. 여행을 와서 그런가. 기대 이상으로 완벽한 첫날이었다. 나는 나의 방, 그러니까 지유씨의 바로 옆방에서 모로 누워 지유씨를 생각했다. 나는 스물셋이 아닌 서른셋이었으므로, 가장 적절한 시기를 기다릴 줄 알았고, 그래야만 했다. 황금연휴의 첫날일 뿐이었다.

DAY 2

유후인에서 후쿠오카로 넘어와 처음 관광한 곳은 오호리공원이었다. 공원의 중심에 큰 호수가 있었고, 공원 입구에서 바라보면 끝이 보이지 않을 정도로 넓었다. 호수를 따라 걷다보니 정확히 중간쯤 되는 지점에 스타벅스가 있었다. 건물 한채가 호수의 한쪽 면을 따라 길쭉하게 지어진 모양새였다. 나와 지유씨는 터널을 통과하듯 기다란 스타벅스를 둘러보고 밖으로 나왔다. 주문 대기줄이 건물 바깥으로 나 있었고 우리도 그곳에 합류했다.

대기줄이 반쯤 줄었을 때, 한 백발의 할아버지가 자전거를 끌며 다가왔다. 깔끔한 콤비 재킷에 체크무늬 베레모를 쓰고 있었다. 자전거 앞 바구니 안에는 밝은 갈색의 강아지가 한마리 타고 있었는데, 아마도 시바견인 것 같았다. 할아버지가 지유씨에게 말을 걸었다. 화장실에 다녀올 동안 강아지를 맡아달라고 부탁한 모양이었다. 지유씨는 자기가 커피를 주문하고 올 테니 내가 강아지를 보고 있는 게 좋겠다고 했다. 할아버지가 세워둔 자전거 앞바퀴에 강아지의 목줄을 묶었다.

잔디밭에 앉아 자전거에 묶여 있는 강아지를 멀뚱히 보고 있는데 웬 일본 여자가 다가왔다. 그녀는 강아지 앞에 쭈그리고 앉아 "가와이이"라고 말했다. 슬쩍 보니 예쁘장한 얼굴이었다. 커다란 눈과 볼터치를 강조한 메이크업. 전형적인 일본 미녀의 얼굴. 하지만 또 이상하게 어딘가 안 예뻐 보이는 그런 얼굴. 그녀는 내 옆에 털썩 앉더니 나를 보며 갑자기 "한국 사람이죠?"라고 물었다. 나는 깜짝 놀라 어떻게 알았냐고 되물었고 그녀는 "한국 사람같이 생겼어요"라고 답했다. 그녀는 한국 드라마를 좋아해서 한국어를 열심히 공부하는 중이라고 했다. 아직 서툰 편이었는데, 어떻게든 한국어를 써먹고 싶어하는 기색이 역력했다. 나는 그녀를 위해 최대한 느린 속도로 말했다. 일본 여자는 수동적인 편이라고 들었는데, 예상 밖의 행동에 꽤나 놀랐다. 낯선 남자한테 먼저 말을 걸어 오는 것도 그렇고.

"혹시, 연예나 영화 쪽에서 일한 적이 있어요?" 그녀가 물었다.

"왜요?"

"그럴 것 같아서요. 얼굴이, 모데루나 배우 같은 느낌이 있어서."

"영화 한 직 있죠. 연출했었이요."

반은 사실이고, 반은 거짓이었다. 대학교 때 영화 동아리에서 단편영화를 찍은 적이 있었다. 감독이 아니라 배우였고, 교내 극장에서 상영한 정도였다.

"감독님이시구나." 그녀는 눈을 반짝이며 물었다. "영화는 어떤 내용이에요?"

"사랑하는 여자가 있는데, 유부녀예요."

왜 그런 말을 했을까. 나도 모르게 그런 말이 나와버렸다.

"에에, 대단해요."

일본 여자가 과장된 감탄사를 내뱉으며 두 손을 합장하듯 모아 입가에 가져갔다. 그리고 자신이 본 한국 드라마에 대해 이야기하기 시작했다. 그녀는 특히 사극을 좋아한다고 했다.

"그중에서도 '통이'라는 도라마를 가장 좋아해요."

통? 내가 알기로는 통이라는 드라마는 없었다. 그녀가 잘못 알고 있는 게 분명했다. 하지만 그녀의 한국어가 유창하지 않았기 때문에 그것에 대해서 별로 길게 대화하고 싶지는 않았다. 나는 화제를 돌렸다.

"저는 일본 드라마는 본 적 없지만, 일본 감독의 영화는 좋아하는 편이에요."

"어떤?"

"고레에다 히로카즈나 마츠오카 조지."

"아아."

그녀가 탄성을 내뱉더니 말했다.

"처음 들어요."

말도 안 돼. 한국에서도 모르는 사람이 없는 감독이었다.

"시오타 아키히코는요?"

"전혀."

그녀가 고개를 갸웃했다. 나는 일본 미녀와의 대화에 흥미를 잃어버렸다.

"일본에는 얼마나 머무를 예정이에요?" 그녀가 물었다.

"이박 삼일 왔어요. 와이프랑."

"에에? 결혼하셨구나."

필요 이상으로 당황한 모습이었다. 나는 그녀의 어깨 너머를 바라보며 말했다.

"저기 오네요. 제 와이프."

그녀가 놀란 눈으로 뒤를 돌아봤다. 그리고 양손에 테이크아웃 커피잔을 들고 걸어오는 지유씨를 보더니 황급히 엉덩이를 털고 일어났다.

"아아, 미안합니다. 미안합니다."

그녀는 연신 고개를 숙여대며 스타벅스 반대 방향으로 열심히 뛰어갔다. 귀여운 일본 아가씨에게 본의 아니게 거짓말을 해버렸다. 조금 미안했지만 어차피 평생 다시 만날 사람도 아니었다. 지유씨가 눈을 흘기며 말했다.

"못살아. 그새를 못 참고 여자한테 집적거린 거예요?"

"무슨 소리예요. 저 여자가 저한테 집적거렸다구요."

"우리 지훈씨, 참 글로벌하네."

웃는 입술 사이로 드러난 지유씨의 가지런한 치아를 보자 조금 전 일본 여자가 묘하게 예뻐 보이지 않았던 이유가 고르지 못한 치열 때문이라는 것을 깨달았다. 지유씨는 양손에 커피를 드느라 가져온 모자를 겨드랑이에 끼우고 있었다. 손뜨개로 뜬 벙거지 같은 모자였다. 날이 더워서 그런지 그걸 쓰지는 않고 손에 들고 다니거나 겨드랑이에 끼우고 있거나 했다. 모자가 납작해졌다.

"줘봐요, 그거. 내 가방에 넣어줄게요."

내가 커피를 받아들면서 말했다. 지유씨는 괜찮다고 했다. 자기 가방에 넣으면 된다는 거였다. 그녀의 가방은 손바닥만 한 크로스 백이었다.

"거기에 어떻게 넣어요. 안 쓸 거면 그냥 이리 줘요."

나는 지유씨 손에서 모자를 뺏어 들고 내 가방에 넣으며 말했다.

"내가 이렇게 신세 진 게 많은데, 이거 하나 못 해주겠어요."

내가 백팩 앞주머니에 모자를 넣고 있는 사이 시바견을 맡겼던 할아버지가 다시 돌아왔다. 할아버지는 지유씨에게 일본어로 말을 걸었고 몇 마디를 더 나눴다. 지유씨는 그와 대화하며 미소 짓기도 했다가 미간을 찡그리기도 했다가 고개를 젖히고 웃기도 하더니 시바견의 목줄을 그에게 건넸다. 할아버지가 떠나고 난 뒤, 지유씨에게 무슨 이야기를 했는지 물었다. 그녀가 약간 난처해하더니 대답했다.

"우리보고, 아이가 있냐고 묻더라고요."

"하하."

나는 일본 여자에게 했던 거짓말이 떠올랐고, 괜히 기분이 좋아졌다.

"그래서 뭐라고 했어요?"

"아이는 없고, 무엇보다 부부가 아니라고 했죠."

"그랬더니요?"

나는 내가 무언가 기대하면서 질문하고 있다는 사실을 깨달았다.

"결혼하면 아이는 절대 낳지 말고 시바견을 키우래요."

"어쨌든 일단 결혼을 하라는 거네."

"가만 보면 사람이 나이를 먹으면 먹을수록, 자기가 보고 싶은 것만 보고 듣고 싶은 것만 듣는 것 같아요."

"맞아요."

내가 말을 덧붙였다. "어제 그 팬티 아저씨도 그렇고."

"그러니까요. 늘 자기가 하던 대로만 하고."

우리는 각자의 아메리카노를 들고 벤치에 앉았다. 지유씨는 따뜻한 아메리카노였고 나는 아이스였다. 우리 앞으로 조깅하는 사람들이 이따금 지나갔다. 그 뒤로 양끝이 보이지 않는 넓은 호수가 펼쳐져 있었고 오리배를 탄 사람들이 그 위를 천천히 지나다녔다. 오리의 목에 색색의 리본이 달려 있었다.

"예전에 지유씨가 그렸던 오리랑 똑같이 생겼네요."

"무슨 오리요?"

"왜, 예전에 그…… 청첩장에 그린 그림이요. 지유씨가 그렸다고 했잖아요."

망설이다 조심스럽게 이야기를 꺼냈다.

"아, 그거. 사실 남편이 그렸던 거예요."

"그런데 왜 지유씨가 그렸다고 했어요?"

"남편이 그렸다고 하면 그냥…… 왠지 미안해서?"

뜻밖이었다. 나는 잠시 고민하다 물었다.

"그때 내가 좋아하는 거, 알고 있었어요?"

"안다기보다는 그냥 조금. 어느 정도는요."

그 말을 하면서 그녀는 신고 있던 하얀색 스니커즈로 돌부리를 툭, 찼다. 우리는 한동안 말없이 눈으로 오리배만 좇았다. 따뜻한 아메리카노가 미지근하게 식고 아이스 아메리카노의 얼음이 다 녹을 때까지. 오리배를 탄 사람들은 전부 연인 같았고 페달을 밟느라

발을 쉴 새 없이 놀리고 있었다.

　오호리공원역에서 지하철을 타고 기온역으로 이동했다. 도초지
라는 절에 가기 위해서였다. 지하철역에서 빠져나오자 빨간 석탑
의 꼭대기가 멀리서부터 보였다. 바로 저곳이 우리가 갈 도초지라
며, 일본에서 가장 큰 목조 불상이 있다고 지유씨가 설명해줬다. 나
란히 걷고 있으니 벌써 연인이라도 된 듯한 기분이 들었다. 절 입
구에서는 불상의 다리만 보였는데, 다리의 크기만 봐도 전체 불상
이 얼마나 거대할지 짐작이 갔다. 우리는 법당 안으로 들어가기 위
해 신발을 벗었다. 나는 신발을 벗는 지유씨가 균형을 잃고 휘청거
릴 때 그녀의 어깨를 양손으로 잡아줬다. 지유씨가 고개를 돌려 나
를 쳐다봤다. 나는 손바닥이 위를 향하게 지유씨에게 내밀었고 그
녀는 자연스럽게 내 손을 잡고 다른 한쪽 신발을 마저 벗었다. 나
는 내 손 위에 얹힌 지유씨의 희고 매끄러운 손가락들 위에, 나의
다른 한쪽 손을 포개고 싶었다. 하지만 당연히, 아직은 아니었다.
　목불상은 예상보다 더 거대했다. 짙은 고동색 나무가 투박한 모
양새로 깎여 있었다. 정교하지는 않았지만 워낙 크기가 압도적이
라 그렇게 만들어진 편이 더 어울리는 것 같기도 했다. 부처의 다
문 입, 커다란 귀, 곧게 뻗은 코와 가늘게 뜬 눈. 그리고 동글동글
한 머리카락이 눈에 들어왔다. 불상이 높아서 위로 올라가면 올라
갈수록 어둠 속에 잠겨 있었다. 그런데 좀 이상한 면이 있었다. 그
렇게 단순한 불상인데도 눈만큼은 기묘한 생동감이 느껴졌다. 눈

이 유달리 섬세하게 깎여서는 아니었다. 오히려 반대였다. 어디서부터가 눈꺼풀이고 어디서부터가 눈동자인지 잘 가늠이 되지 않았다. 그런데도 고개를 들어 불상의 눈을 쳐다보고 있으면 마치 먼 곳에서 누군가 나를 내려다보고 있는 것 같은 기분이 들었다. 어둠 속에서 검고 축축한 눈동자가 천천히 움직이는 것 같았다. 나는 불상의 얼굴에서 시선을 거두고 사찰 안을 둘러봤다. 나와 지유씨뿐이었다. 그녀는 사찰 한구석에 마련된 제단에서 초에 불을 붙이고 있었다. 그리고 두 손을 맞잡아 내리더니 눈을 감았다. 남편 생각을 하는 건가. 그녀의 남편이 누구였고, 어떤 사람이었고, 어떤 사이였는지, 아는 바가 전혀 없다.

지유씨가 결혼하기 전, 사내 까페나 로비에서 그녀와 잠깐이라도 노닥거리고 나면 동료들이 꼭 한번씩 물어 오곤 했다. "저 여자랑 무슨 사이야?" 그 말을 듣고 나면 괜히 뿌듯했다. 둘이 사귀는 사이인 줄 알고 있다는 소리도 꽤 들었다. 나는 아니라고 말하면서도 적극적으로 부인하지는 않았다. "그냥 좀 친할 뿐이야"라고만 했다. "잘 어울리는데. 한번 대시해봐요"라는 말을 들으면 아무렇지 않은 듯 이렇게 말했다. "송지유씨 남자친구 있어요." 그게 나만 아는 비밀이라는 듯, 그녀와 나는 사생활을 나누는 사이라는 과시. 지유씨의 남자친구 혹은 남편은 나에게 그런 용도로만 존재할 뿐이었다. 딱히 질투가 나지도 않았다. 내가 지유씨에게 더 잘 맞는 짝일 것 같다는 이상한 자신감이 늘 있었다.

절에서 나와서는 도심으로 이동했다. 저녁으로는 모츠나베를 먹었고, 생맥주도 한잔씩 했다. 두번째 날의 마지막 일정이었다. 하카타역 근처에 내가 예약해둔 호텔이 있었다. 나는 지유씨에게 일본 지리를 모르니 호텔까지 데려다달라고 부탁했고 그녀는 흔쾌히 그러겠다고 했다. 사실 핑계였다. 여기가 오지도 아니고, 내가 호텔 하나 못 찾아갈 리 없었다. 지유씨가 동생과 함께 살고 있지만 않았어도 어떻게든 그녀를 바래다주었을 것이었다. 여자에게 배웅을 받는다니. 자존심이 약간 상했지만 플랜 B를 실행하기 위해서는 어쩔 수 없었다. 여기는 일본이고 그녀에게 더 익숙한 공간이니 어느 정도는 이해해주지 않을까 싶었다. 호텔에 도착해서는 지유씨의 도움을 받아 체크인 했고 로비에서 지유씨와 정중하게 작별인사를 나눴다. 다음에 서울에 들어오면 또 보자는 말과 함께.

엘리베이터를 탔다. 방은 칠층, 빨리 올라가야 한다. 황금연휴의 마지막 밤을 위해 준비해둔 계획이 남아 있었다. 단 한번도 실패한 적 없는, 검증된 방법이었다.

여자를 집 앞까지 바래다주고 나온다. 오늘 하루를 당신과 함께해서 즐거웠다는 말과 함께 깍듯하게 인사한다. 눈 하나 깜짝하지 않고 정중한 미소를 보낸다. 당신의 털끝 하나도 건드릴 마음이 없다는 듯 지체하지 않고 돌아선다. 여자는 집에 들어가서 생각한다. 꼭 집에 들이겠다는 생각은 없었지만, 그래도 원하는 눈치를 보이면 어떻게 해야 하나 고민하긴 했는데. 내가 오버했나. 나는 그 타이밍에 다시 초인종을 누른다. 그녀는 깜짝 놀라 문을 연다. 무슨 일이에요? 이거, 주는 걸 잊어버려서. 나는 짐을 덜어준다는 핑계로 내 가방에 넣어두었던 여자의 물건 ─ 중요한 서류, 선글라스, 머플러, 혹은 모자! ─ 을 꺼내며 조금 전과는 정반대의 표정을 하고 여자의 눈을 바라본다. 하나, 둘, 셋을 세기 전에 누가 먼저랄 것도 없이 입을 맞춘다.

호텔 방에 도착하자마자 백팩을 뒤졌다. 이상하다. 모자가 없었다. 어떡하지. 뭐가 있어야 가져가라면서 부를 텐데. 한참을 더 뒤졌지만 모자는 어디에서도 나오지 않았다. 점점 두려워졌다. 어떻게 잡은 기회인데. 모자는 없지만 일단 급하게 지유씨에게 전화를 걸었다.

"여보세요?"

그녀가 전화를 받았다. 나는 호텔 창문을 열고 그녀가 어디까지 갔는지 내다보았다. 다행히 아직 엄지손가락만 하게 보이는 거리에 있었다. 나는 눈으로는 창밖의 그녀를 좇으면서, 수화기에 대고 말했다.

"지유씨, 모자."

그러자 놀랍게도 지유씨의 가방에서 돌돌 만 모자가 나왔다. 그녀는 모자를 손에 쥐고 팔을 머리 위로 뻗어 크게 흔들었다. 모자가 커다란 손수건처럼 펄럭였다. 참 해맑기도 하시지. 내 속이 타들어가는 것도 모르고. 아니, 정말 모르나? 이젠 그것도 잘 모르겠다는 생각이 들었다.

"언제 가져간 거예요?"

"아까 지훈씨 화장실 갔을 때, 내가 지훈씨 가방에서 꺼내 갔어요."

나는 나도 모르게 당황해서 엉뚱하게 화를 냈다.

"아니, 남의 가방을 그렇게 막 열어보는 법이 어딨어요."

"지훈씨, 나랑 자고 싶었어요?"

이렇게 예측 불가능한 여자는 정말이지 처음이었다. 그녀가 말을 이었다.

"솔직히 말해봐요. 나랑 자고 싶었죠?"

"지유씨는 아니었나봐요?"

"전, 반반?"

뭐 이린 게 다 있시.

"근데, 지금은 아니에요."

뭐 이런 게 다 있지.

"아무래도, 자려는 마음이 중요한 거니까요."

"그게 무슨 말이에요, 대체."

"그러니까, 꼭 잘 필요가 있나, 그런 거죠."

"네?"

"자면 뭐 해요. 어차피 자고 나면 다 똑같잖아요. 지훈씨도 그걸 모르지 않잖아요."

내가 뭘 알고 뭘 모르는지 자기가 어떻게 알아. 이 여자는 왜 이렇게까지 확신을 하는 거지. 그녀가 말을 이었다.

"그래서 실제로 잤는지 안 잤는지보다는, 자고 싶다는 마음, 그 마음 자체가 중요한 거잖아요. 저는 그렇게 생각해요."

지유씨는 또다시 백분토론 패널처럼 말했다.

"그 마음이, 저도 반 정도는 있었던 거니까. 그리고 그게 우리 모두에게 동시에 있는 상태로 잠시 스쳤던 순간이 있었던 거니까. 그걸로 된 거라고 생각해요. 지훈씨가 자존심 상해할 일도 아니고."

이상한 논리였다. 나도 긴급히 반론을 준비했다.

"제가 지유씨하고 한번 자보려고 여기까지 온 것 같아요? 와, 너무 서운하네."

나는 내 안의 모든 진정성을 끌어모아 말했다.

"그냥 한번 자는 거? 저 나눠줄 게 없는 사람이에요. 여기끼지 오지 않아도 된다고요. 그래서 온 게 아니라고. 나 오늘 지유씨하고 안 자도 상관없어요. 오늘이든 내일이든 내년이든. 지유씨랑 자고 싶은 게 아니라 만나고 싶은 거예요. 믿어봐요. 돌아올 때까지 기다릴 수도 있어요. 지금까지 몇년을 기다렸는데, 더는 못 기다리겠어요?"

말하다보니 억울하고 답답해서 숨이 막혀버릴 것만 같았다.

"진짜 모르겠어요? 내가 지유씨 좋아하는 거잖아요. 저 여자 만날 만큼 만나봤어요. 그런데 여태까지 이렇게, 진짜, 뭔가, 통한다는 느낌이 드는 여자는 단 한번도 만나본 적이 없다고요. 다른 게 아니라 바로 그것 때문에 지유씨 좋아하는 거라고요."

눈을 질끈 감고 고개를 떨어트렸다. 숨을 몰아쉬었다. 누군가에게 내가 이런 말을 해본 적이 있었던가. 창피하긴 했지만 진심이었다. 그렇지 않고서야 내가 군이, 한번 결혼했던 여자를 좋아할 리가 없었다. 눈을 떴다. 두 발이 보였다. 나도 모르게 발가락들을 꽉 움츠리고 있었다. 잠깐의 침묵 끝에 그녀가 물었다.

"우리, 대화가 잘 통한다고 생각했어요?"

"네."

"음…… 제가 말을 잘하는 게 아닐까요?"

뭐야. 고개를 들었다. 창밖의 그녀는 이미 사라지고 없었다. 이제 그녀의 목소리만 수화기에 남아 울렸다.

"저 지금 택시 탔어요."

그녀가 다정하게 말했다.

"시훈씨. 지훈씨는 능력 있고 인기도 많잖아. 내가 다 알아요. 일 잘하지, 직장 번듯해, 응? 또 잘생겼고, 또 몸짱이시고."

이 말을 하면서 지유씨는 살짝 콧소리를 내며 웃었다. 비웃는 건가. 기분이 확 잡쳤다.

"얼마든지 또 좋은 여자 만날 수 있잖아요."

마치 어린애 대하듯 구슬리는 말투였다. 그래서 그런지 이상하게, 나는 마치 아이가 되어버린 것처럼 제발 한번만, 한번만, 하면서 매달리고 있었다. 그녀는 날 어르고 달래서 재우려 했다.

"내일 아침 일찍 비행기 타야 하잖아요. 이제 얼른 씻고 자야죠. 응?"

그런 기이한 작별인사가 끊어질 듯 이어졌고, 그렇게 끊으려는 자와 끊지 못하는 자의 실랑이가 한참을 더 이어진 끝에 통화가 끝났다. 세상 질척거리는 통화였다. 심지어 나는 울고 있었다. 최악이었다. 휴대폰을 침대 위에 던져버리고 탁자를 주먹으로 내리쳤다. 그러자 뚜껑을 닫지 않은 채로 올려놨던 작은 생수병이 바닥으로 굴러떨어졌고 바닥에 두었던 백팩 위로 물이 쏟아졌다. 나는 황급히 백팩을 집어 들었다. 백팩의 앞주머니 지퍼가 활짝 열려 있었다. 이 씨발년이. 열었으면 닫아놔야 할 거 아냐. 소중한 황금연휴가 엉망이 되어버렸다. 나는 내가 지유씨 앞에서 울었다는 사실이 억울해서 또 눈물이 났고 그렇게 눈물의 악순환 속에서 잠이 들었다.

DAY 3

눈을 뜬 시각은 출국 세시간 전이었다. 눈을 뜨자마자 어젯밤의 수치가 빚쟁이들처럼 우르르 몰려왔다. 숨이 막혔다. 너무하네, 정말 너무하네. 난 여기 왜 온 거지?

짐들을 대충 백팩에 쑤셔 넣고 호텔을 빠져나왔다. 하카타역에서 공항선을 타고 가야 했다. 어제와는 달리 쌀쌀한 날씨였다. 나는 역까지 걸어가면서 양손을 청재킷 주머니에 찔러 넣었다. 동전 몇 개가 손에 잡혔다. 더이상 필요 없는 돈이었다. 항공권도 이미 결제해두었고 어차피 엔화는 이제 쓸 일이 없었다. 당분간 일본에 다시올 일은 없을 것이다. 아니, 영원히 오고 싶지 않았다.

걷다보니 어느새 하카타역 근처에 도착했다. 역사 입구에 꾀죄

죄한 보자기를 둘러쓴 할머니가 종이컵을 들고 구걸하고 있었다. 아주 작은, 쪼그라들었다는 느낌이 들 정도로 작은 할머니였다. 마침 잘됐다. 나는 주머니에 들어 있던 엔화를 한움큼 집어 거지 할머니의 종이컵에 쏟아부었다. 뒤이어 참방, 하는 소리가 났다. 동전을 던져 넣었던 손이 갑자기 축축해졌다.

"에에?"

할머니는 비명을 지르며 금방이라도 울 것 같은 얼굴로 나를 올려다봤다.

말도 안 돼. 종이컵 안에는 커피가 들어 있었다. 거지가 아니라 그저 커피를 마시고 있는 할머니였을 뿐이라는 걸 그제야 알아차렸다. 커피에 젖은 손이 기분 나쁘게 끈적거렸다. 당황해서 끈적이는 손가락만 접었다 펴며 머뭇거리는 사이, 건너편에서 한 거구의 남성이 알 수 없는 일본어로 소리를 지르며 다가왔다. 반짝이는 대머리에 턱수염과 콧수염만 잔뜩 기른, 어쩐지 야쿠자 같은 분위기를 풍기는 남자였다. 얼마나 고래고래 소리를 질러대는지 멀리 떨어져 있는데도 이마에 튀어나온 힘줄이 다 보였다. 저 남자는 대체 누구지. 이 할머니 아들인가. 뭐라고 하는지 알아들을 수 없으니까 더 무서웠다. 나는 백팩을 추켜올리고 지하철 역사 안으로 급히 뛰어 들어갔다.

다소 낮음

장우가 오랜만에 쓴 곡의 제목은 '냉장고송'이었다. 처음부터 곡을 만들려던 것은 아니었다. 누리끼리하고 커다란 구식 냉장고 앞에 서 있는 유미의 뒷모습을 바라보다가 갑자기 멜로디가 떠올랐다. 유미는 마트에서 사 온 우유와 계란을 냉장고에 채워 넣고 있었다. 장우는 삐걱거리는 침대에 걸터앉아 기타 줄을 튕기거나 기타의 바디를 두들기거나 했다. 그리고 가사 없이 멜로디를 흥얼거렸다. 유미가 눈을 동그랗게 뜨고 뒤돌아 장우를 쳐다봤다.

"방금 그 곡 뭐야? 좋은데?"

그 말을 듣고 장우는 아무렇게나 가사를 붙였다.

"냉장고 장고 장고 장고 장고 고장은 아닐 거야."

가사래봤자 이 한마디가 다였다. 유미는 고개를 젖히고 깔깔거리더니 말했다.

"자기야, 이 노래 대박이야. 중독성 있어."

유미는 냉장고송을 금세 외워 따라 불렀다. 그리고 휴대폰의 카메라를 켜고 말했다.

"이런 건 까먹기 전에 남겨놔야 해."

호들갑을 떨며 이리저리 구도를 잡았다. 장우는 유미가 시키는 대로 냉장고 앞에 양반다리를 하고 앉았다. 아침부터 잠옷 바람으로 이게 무슨 짓인가 싶었지만 유미가 하도 성화를 해서 그저 시키는 대로 했다.

"찍는다, 시이작."

장우는 기타로 코드를 짚으며 냉장고송을 불렀다. *냉장고 장고 장고 장고 장고 고장은 아닐 거야.* G 코드와 D 코드가 반복적으로 구성된, 미디엄 템포의 곡이었다. 처음에는 쑥스러워하던 장우도 두 번 세번 찍으면서 카메라는 신경 쓰지 않고 음악에 몰두해서 연주하고 노래했다. 부르면 부를수록 노래가 점점 더 맛깔스러워졌다.

다음 날 유미가 영상을 편집해서 유튜브에 올렸는데, 그야말로 대박이 났다. 댓글이 백개, 천개, 만개가 넘어가고 조회 수 삼십만을 찍자 둘은 어리둥절해졌다. 때마침 시즌이던 몇몇 페스티벌에서 섭외 전화가 걸려 왔다. 메인 무대가 아니라 티켓 부스 옆에 설치된 작은 오프닝 무대였지만 예전에는 상상도 할 수 없던 일이었다. 관객들은 음원도 공개되지 않은 냉장고송을 따라 불렀다. 홍대에서는 제법 유명인사가 됐다. 딱 스물여덟장 팔린 것이 전부였던 장우네 밴드 '백열램프'의 1집 앨범을 사람들이 뒤늦게 조금씩 찾아 듣는다는 소식도 들렸다. 모든 게 뜻밖이었다.

*

원래 유미는 이 냉장고를 싫어했다. 오래되어 누렇게 바랜 색깔도 마음에 안 들고, 시도 때도 없이 윙윙대는 소음도 거슬린다고 했다. 게다가 성능마저 시원찮았다. 유미는 냉장고에 넣어둔 음식들이 상할까봐 늘 걱정했고, 자주 꺼내서 냄새를 맡았다. 그러고는 꼭 이렇게 말했다.

"이놈의 냉장고, 버려버리든가 해야지."

그러면 장우는 늘 이렇게 답했다.

"그래도, 아직 냉장고잖아."

냉장고송이 유명해지자 유미는 태도를 바꿨다.

"예뻐 죽겠어."

바로 이 냉장고가 삼십만명이 본 슈퍼스타라며 냉장실의 플라스틱 선반을 일일이 꺼내 뜨거운 물과 세제로 청소하기까지 했다. 전에는 없던 일이었다.

이런 이야기만 하면 유미가 속물인 것 같지만, 그렇다고 딱히 나쁜 애는 아니었다. 오히려 속은 누구보다도 여린 면이 있었다. 언젠가 장우가 아버지 돌아가셨을 때의 이야기를 유미에게 해준 적이 있었는데, 그걸 듣고서는 마치 자기 아버지가 죽기라도 한 것처

102

럼 와락, 울음을 터트렸었다. 장우는 들썩이는 유미의 어깨를 다독여주면서, 그녀가 자신을 정말 사랑하고 있을지도 모른다고 생각했다.

냉장고는 장우가 처음 서울에 올라와 자취방을 얻던 해에 아버지가 장만해준 물건이었다.

"거, 살림 중에 제일로 비싼 게 뭐냐."

수수께끼 같은 질문에 장우는 깊이 생각하지 않고 냉장고라 대답했고, 다음 날 바로 냉장고가 배달되었다. 지금은 부도가 나서 역사 속으로 사라진 회사의 제품이었다. 위 칸은 냉동실이고 아래 칸은 냉장실로 되어 있는, 당시 가장 흔히 팔리던 냉장고였다. 그렇지만 손바닥만 한 자취방에 놓기에는 지나치게 큰 사이즈였다. 가장 부티 나는 선물을 하려는 아버지의 의도였을 텐데 그 욕망이 오히려 집을 초라해 보이게 만들었다. 첫 자취방은 다섯평도 안 되는 반지하였다. 현관문을 열고 들어서면 벽 한쪽에 엉성히 붙은 부엌이 한눈에 들어왔고, 시선을 돌리면 커다랗고 새하얀 냉장고가 반대쪽 벽면을 크게 차지하고 있었다. 마치 방 전체가 냉장고를 보관하기 위해 존재하는 것 같은 느낌이었다.

처음 가져본 냉장고는 어딘지 모르게 기묘한 느낌을 주었다. 그 느낌은 냉장고 문을 열자 더 강렬하게 다가왔다. 코드를 꽂고 텅 빈 냉장고의 문을 처음 열었을 때, 장우는 그 안을 한참이나 들여다봤다. 얼마나 그러고 있었는지 정확히 기억은 안 나지만 꽤 오랜 시간을, 머리통이 얼얼해질 때까지 들여다보고 있었다. 냉장고 안은 생각보다 근사했다. 그 하얗고 깊은 공간은 주황빛으로 가득 차 있었는데, 그래서인지 서늘하면서도 따뜻한 느낌을 주었다. 냉장고 안을 들여다보고 있으면 마치 다른 차원의 세계로 빨려가는 듯한 기분마저 들었다. 장우는 그 뒤에도 한동안, 생각이 날 때마다 냉장고 속에 머리를 집어넣곤 했다. 그때까지만 해도 냉장고는 퍽 시원했고 소음도 덜했다.

아버지는 오년 전에 지병으로 세상을 떠났다. 임종의 순간에는 눈을 반쯤 뜨고 있었다고 했다. 그 모습을 장우가 직접 본 것은 아니었고, 장례식장에서 어른들이 혀를 차며 이야기하는 것을 듣고 알게 됐다. 애지중지 키운 삼대독자 아들, 땅 팔고 소 팔아 서울로 대학까지 보내놨는데 기타 치고 음악 한다며 반 거지꼴로 사니까 화병이 나서 눈도 못 감고 죽었다는 이야기였다. 틀린 말은 아니었다. 아버지는 장우를 통해서 당신의 행복을 느끼는 사람이었다. 그런데 아버지가 정의한 행복의 방식과 장우의 방식이 달랐다. 그게 갈등의 시작이었다. 아버지는 장우가 남들처럼 대학을 졸업하고 직장에 들어가지 않는 것을 끝내 이해하지 못했다. 장우 역시 아버지를 설득하려고 노력하지 않았다. 왜 노력하지 않았을까 하는 질문을 뒤늦게 혼자 해보기도 했다. 아마도 그때는, 아버지가 음악에 대해 아무것도 모르기 때문에 설득할 수 없다고 단정했을 것이었다. 발인하는 내내 장우는 아버지가 이 세상에 존재하지 않는다는 것에 대해 계속 생각했다. 죽었다는 것, 이곳에 없다는 것. 그러면 다른 곳이 있는 걸까. 어디로 가신 걸까. 어딘지는 몰라도 존 레넌

도 있고 프레디 머큐리도 있는 곳이겠지. 아버지는 그들을 마주쳐
도 누군지 모르겠구나, 하는 생각도 들었다.

한 기획사로부터 전화가 걸려 왔다. 계약을 하고 싶다고 했다. 스
위프트사운드라고, 대형 기획사는 아니지만 장우도 이름을 들어본
적이 있을 정도로 꽤 유명한 회사였다. 발라드를 부르는 솔로 가수
두 명을 통해 알려진 회사인데, 최근 들어서 가능성 있는 홍대의 인
디 뮤지션들한테도 투자를 하는 모양이었다. 얼떨떨해진 장우는
고개만 끄덕이다가 급하게 약속을 잡고 전화를 끊었다. 바싹 붙어
대화를 엿듣던 유미는 통화가 채 끝나기도 전에 말했다.

"자기네 아버지가 이 모습을 보고 가셨어야 하는데!"

그러고는 한참을 울먹이다가 갑자기 정색하며 손바닥을 내밀
었다.

"휴대폰 다시 줘봐."

유미는 기획사에 전화를 걸어 혹시 보이스피싱은 아닌지, 계약
을 하게 되면 계약금을 몇 퍼센트나 먼저 주는지 같은 것들을 이것
저것 확인하고 전화를 끊었다. 그리고 비장하게 말했다.

"오래 기다렸다. 이제 고생은 다 끝났어. 드디어 세상이 천재를
알아보기 시작한 거야."

유미는 눈물을 삼키고 장우에게 입을 맞췄다. 장우는 한 손으로 유미의 속옷을 재빨리 풀었다.

이상하게 섹스를 하는 내내, 유미와 처음 자던 날이 생각났다. 유미는 대부분의 사람은 이름조차 모르는 밴드 백열램프의 몇 안 되는 팬이었다. 무명 밴드의 평일 클럽 공연은 늘 한산했다. 열 명 남짓의 관객은 매일 조금씩 바뀌었다. 그중에 변하지 않고 항상 보이는 얼굴이 하나 있었는데, 그게 바로 유미였다. 관객이 다섯이 되고 둘이 되고 결국은 한 명, 유미만 남던 날, 둘만의 뒤풀이를 가졌다. 유미는 첫 잔을 비우면서 말했다.

"나는 기타 치는 남자가 그렇게 좋더라."

상우가 묻기도 전에 유미는 "왜인 줄 알아요?" 하고 묻더니 혼자 대답했다. 기타 연주에 몰두해 있는 남자의 얼굴은 오르가슴에 도달한 남자의 얼굴과 정확히 일치한다는 것이었다. 그래서 자기는 공연을 보고 나면 그 남자와 교감을 나눈 것과 다름없는 만족을 느낀다고 했다. 장우는 그 말을 듣고 유미와 자게 될 것 같다는 강한 확신이 들었다. 나중에 알고 보니 유미는 그날 일부러 장우를 자극하기 위해 그 대사를 생각해 갔다고 했다.

그날과 마찬가지로 유미와의 섹스는 만족스러웠다. 유미는 스위프트사운드와의 통화 후에 더 흥분한 것 같았다. "나 지금 록스타랑 하고 있는 거야?"라고 했을 때는 좀 당황스럽기도 했지만. 관계가 끝난 뒤 유미는 혼자 천장을 바라보고 히죽거리더니 이내 엎드려서 턱을 괴었다. 그러고는 스위프트사운드에 소속된 가수에 대해 줄줄이 읊어대기 시작했다. 장우가 아는 사람도 있고 모르는 사람도 있었다.

"자기야, 이제 라디오에서 자기 노래를 많이 틀어줄 거야. 라디오에 게스트로 나갈지도 모르니까 토크 연습도 좀 해둬. 자기 노래가 드라마나 광고 배경음악으로 사용되면 그땐 진짜 대박 나는 거야. 그러니까 말랑말랑한 곡도 좀 써놓고. 또 잘되면 '유스케'도 나가고."

장우가 그 말을 듣고 되물었다.

"유스케? 슈스케가 아니라?"

유미는 상우의 어깨를 정신스럽게 치며 대답했다.

"유희열의 스케치북, 유스케. 자기는 이미 아티스트인데 슈퍼스타케이 같은 오디션 프로에 나갈 필요가 없지. 유스케를 나가야지."

스스로 매니저의 지위를 부여한 유미는 아직 계약이 성사되지 않았는데도 작은 클럽의 섭외전화는 자기가 받아서 거절했고, 큰 클럽이더라도 주말이 아닌 평일 공연은 가지 말자고 했다. 유미는 이제 장우가 유스케에 나가고 국제적인 록페스티벌에 헤드라이너로 서는 일만 남았다며 장우가 이미 록스타라도 된 것처럼 굴었다. 장우는 유미를 만났던 평일의 클럽 공연을 누구보다 좋아했다. 공연장이 미어터질 듯 꽉 찬 관객들을 보는 것도 물론 좋겠지만, 자신이 서고 싶은 위치에 각자 띄엄띄엄 서 있는 관객들을 보며 공연하는 것도 그 나름의 매력이 있었다. 장우가 연주하고 부르는 음악이 더 높은 밀도로 한 사람에게 가닿는 모습. 그리고 그걸 받아들인 관객이 고개, 어깨, 손가락의 작은 움직임으로 리듬을 타는 모습이 무대에서 온전히 다 보이는 것도 좋았다. 유미가 최후의 관객이었던 그날도, 공연 내내 발목을 까딱거리며 박자를 맞추는 모습을 지켜봤다. 장우는 이불 밖으로 삐져나온 유미의 발목이 갑자기 낯설게 느껴졌다.

홍대의 한 까페에서 스위프트사운드의 대표를 만났다. 홍대 근처에서 오다가다 많이 본 얼굴이었다. 한번 보면 절대 잊을 수 없는 독특한 인상이기도 했다. 대단한 거구에, 단발머리를 고무줄로 질끈 동여맨 모습이었다. 그 머리총이 덩치에 비해 너무 작게 느껴지곤 했다. 몸집이 커서 그런지, 돈이 많아서 그런지, 아니면 본명이 '돈' 자로 끝나서 그런지는 몰라도 사람들은 그를 '돈사장'이라고 불렀다. 아주 오래전, 홍대 앞에 뮤지션들이 모여 살기 시작하던 초창기에 돈사장이 한 헤비메탈 밴드에서 드러머로 활동했었다는 이야기가 떠올랐다. 그때는 몹시 마른 편이었다고. 얼마 전 유미한테 들은 것이었다. 장우가 먼저 돈사장을 알아보고 꾸벅 고개를 숙였다. 사장은 "유튜브 스타님, 영광입니다"라며 너스레를 떨었다.

돈사장은 원래 장우랑 친했던 사이처럼 장우의 어깨를 툭 짚으면서 말했다.

"이 친구 1집 낸 지 한참 됐잖아. 내가 세번째 트랙을 정말 좋아했다고."

돈사장은 그동안 장우가 뭘 하고 사나 궁금했는데, 인터넷에서 유명인사가 되어 있더라며 알은척을 했다. 심지어 노래까지 큰 소리로 불렀다.

"냉장고 장고 장고 장고 장고 고장은 아닐 거야. 허허허."

돈사장은 한참을 장우와 냉장고송에 대해 칭찬하다가 아이스커피를 한잔 다 비우고 나서야 목소리를 한 톤 낮추고 원하는 계약조건을 말하기 시작했다. 돈사장이 원하는 것은 단 한가지였다. 녹음실이 준비되어 있으니 당장 내일이라도 냉장고송으로 디지털 싱글 음원을 내자는 것이었다. 냉장고송의 인기가 식기 전에 이 곡으로 음원 수익을 최대한 내고, 그 수익으로 2집 앨범도 제작하고 1집 리마스터링 앨범도 내자고 했다.

장우는 돈사장의 제의가 그렇게 반갑지만은 않았다. 냉장고송은 장난처럼 만든 곡이었다. 그런 멜로디는 누구나 만들 수 있었고, 어디에나 있었다. 코드 진행도 사실 아침 라디오에서 흘러나오던 팝송의 일부를 그대로 갖다 쓴 것이었다. 단지 우스꽝스러운 가사와 허접스러운 유튜브 영상 때문에 유명해진 것뿐이라고 생각했다. 게다가 장우는 아직도 음악을 앨범 단위로만 듣는 사람이었다. 장우에게 앨범은 첫번째 트랙부터 마지막 트랙까지 유기적으로 연결되어 생명력을 지니는 하나의 작품이었다. 심지어 장우의 가방에는 아직도 씨디 플레이어가 들어 있었다. 물론 휴대폰으로 듣는 일이 더 많았지만 그럴 때에도 장우는 무조건 앨범 전체를 다운받아 들었다. 그게 음악을 만든 사람에 대한 예의라고 생각했다. 디지털 싱글은 책을 원하는 장만 찢어서 가지는 것처럼 이상하게 여겨졌다. 장우는 뜸을 들이다 대답했다.

"저는, 그렇게는 못하겠는데요. 아무래도 음악을 딱 한곡만, 그것도 음원이나 스트리밍으로만 듣는다는 게 아직까진 영 납득이 안 가서."

그러고는 뒷머리를 긁적이며 한마디 덧붙였다.

"냉장고송은 음원으로 내놓을 만한 곡도 아니고요. 그냥 웃자고 만든 거예요."

돈사장은 예상 밖이라는 듯 난감해했다.

"아니 냉장고송이 어때서? 얼마나 감각적으로 잘 뽑은 곡인데!"

그리고 잠시 머뭇거리더니 큰 결심을 한 듯 자세를 낮추고 진지한 목소리로 말했다.

"씨디가 꼭 있어야겠다면, 찍어줄게. 많이 안 찍으면 되니까."

그거야 한 백장 찍는 건 일도 아니라고 했다. 대신 냉장고송 한곡만 들어 있는 씨디가 될 거라고 했다. 그리고 요즘 누가 노래를 앨범 단위로 듣느냐는 말도 덧붙였다. 요즘은 뭐든지 유행이 금방금방 지나간다고, 지금이야 냉장고송이 엄청난 인기를 자랑하지만, 곧 잊힐 거라고 했다. 묻히기 전에 바짝 당겨서 이윤을 남겨야 한다는 것이 그의 요지였다.

"아니 조회 수가 오십만이면 뭐 해, 그게 오백만원, 오천만원이 되어야지."

돈사장은 컵에 남아 있는 얼음을 입에 털어 넣고 소리 내서 씹었다.

"이 사람아. 잘 생각해야 돼. 요즘은 그냥 순간이야, 순간. 딱 한곡이라고. 이 많고 많은 유혹이 넘쳐나는 세계에서 삼분 정도 사람들의 귀와 마음을 사로잡았으면 그걸로 된 거야. 최선을 다한 거야."

장우는 시선을 내리깔고 쭈뼛거리며 말했다.

"그러니까…… 냉장고송은 그냥 유튜브용이에요. 거기서 사람들이 좋아해줬으면 그걸로 된 거라고 생각해요. 그리고…… 아까부터 제가 말씀드리신 시는 신선한 음악은 둘 냉스 앨범이어야 한다고 생각하거든요. 사장님도 밴드를 해보셔서 아시겠지만, 곡과 곡 사이에도 기승전결이라는 게 있고 스토리가 있는 건데. 그렇죠?"

이 대목에서 장우는 사장을 한번 힐끗 올려다보고 말을 이었다.

"저는 곡이 한곡만 덜렁 있으면 뭐랄까요, 이를테면 뮤지컬을 보는데 인터미션부터 들어가는 기분 같아서요. 그러니까 소설책을 두번째 장만 찢어서 가지는 사람은 없잖아요."

돈사장은 한숨을 내쉬며 살다 살다 이렇게 답답한 사람은 처음 본다고 했다. 장우는 좀더 생각해보겠다는 말을 남기고 까페를 나왔다.

유미는 아무런 성과 없이 돌아온 장우를 이해하지 못했다. 계약도 하고 앨범도 내준다는데 그걸 왜 마다하느냐는 거였다. 장우가 웅얼거렸다.

"그게, 냉장고송으로 디지털 싱글을 내라고 하잖아……"

유미가 헛웃음을 짓더니 장우를 노려봤다.

"누가 음악 관두래? 음악 포기하고 회사 다니래? 그게 아니잖아. 그 좋아하는 음악 하고, 앨범 내라는 거잖아."

유미의 목소리가 점점 커졌다. 장우가 주눅이 들어 답했다.

"냉장고송은 그냥 재미로 만든 거잖아. 내가 추구하는 음악이 아니란 말이야. 나는 진짜 제대로 된 곡으로 정규 2집 앨범을 내는 게 꿈이야."

그 말이 채 끝나기도 전에 유미한테 등을 세게 얻어맞았다. 유미는 당장 돈사장한테 전화해서 다시 약속을 잡으라며 소리쳤다.

조회 수 1,002,638 | 좋아요 11만 | 싫어요 491

다시 만난 돈사장은 까페 테이블 위에 양손을 가지런히 올려둔 채 허리를 곧게 펴고 앉아 있었다. 그새 머리가 더 길어진 것 같았다. 잔머리 한올도 남기지 않고 야무지게 묶은 머리. 어쩐지 결의에 찬 듯한 모습이었다.

"2집 내줄게. 그게 뭐 어려워? 내면 되지."

돈사장이 먼저 정규 앨범을 내자고 제안했다. 장우가 한 손으로 뒷머리를 쓸어 넘기며 조금 웃었다. 그때 돈사장이 무릎을 치며 말했다.

"대신, 지금 당장."

그러고는 앨범으로 낼 곡을 써두기는 한 건지 물었다. 장우가 쑥 스러운 듯 대답했다.

"그게 아직…… 제가 곡 쓰는 데 좀 오래 걸리는 스타일이라서 요. 지금 한 서너곡 정도는 있어요."

돈 사장이 눈을 반짝 빛냈다.

"그래? 그럼 적어도 서너곡은 더 있어야 될 텐데, 금방 뽑아볼 수 있을까? 딱 냉장고송 같은 거, 그런 거 한두개에 나머지는 그냥 좀 깔아주는 식으로나. 얼마나 걸릴 것 같아?"

장우는 깔아준다는 말에 기분이 상했다.

"바로는 안 돼요."

돈사장이 재촉하듯 물었다.

"그래서 얼마나? 한두달이면 되겠어?"

장우가 난색을 보였다.

"네? 한두달이요? 무슨 말씀을 그렇게…… 최소한 일년은 넘게 걸리죠."

돈사장이 천천히 등을 의자에 기댔다. 담배 한대를 꺼내 물고 불 을 붙이더니 연기를 내뿜으며 체념한 듯 내뱉었다.

"이 친구, 정말 세상 물정 모르는 친구네. 나랑 같이 일하는 사람 들이 누군지는 알아요?"

장우가 알 리가 없었다. 그래서 침묵했다. 돈사장은 페스티벌 기획자, 라디오 피디, 유명 음원 사이트 대표 등이 있다며 이름을 댔다. 대부분 장우가 처음 듣는 사람들이었다. 그리고 자기 밑에서 열심히 하면 장우도 성공할 수 있다고 했다. 장우는 어쩐지 기분이 나빠졌다.

"전 막 열심히 하기도 싫고, 막 성공하고 싶지도 않은데요."

돈사장이 장우로부터 시선을 거두면서 크게 웃었다.

"성격이 더러워서 음악은 잘 만들겠네. 아까워 죽겠어."

그리고 재떨이에 담배를 비벼 껐다.

집으로 돌아가는 길이 멀게만 느껴졌다. 유미의 반응을 생각하니 벌써 머리가 아팠다. 장우는 홍대입구와 상수를 지나 망원 쪽으로 한없이 걸었다. 한여름 정오의 땡볕이 정수리에 내리꽂혔다. 등에 땀이 주룩 흘렀다. 멀다. 나도 예전에는 여기 살았는데. 뮤지션들이 홍대를 젊음의 거리로 만들어놓자 홍대 땅값이 하루가 다르게 비싸졌다고 했다. 정작 홍대를 지금의 홍대로 만든 뮤지션들은 성공한 몇몇을 제외하고 비싸진 방세에 상수로 밀려났는데, 상수에 지하철역이 생기고 나서는 상수까지 비싸졌다고. 장우와 친구들은 망원으로 성산으로 계속 밀려났다.

집에 도착한 장우의 눈에 가장 먼저 들어온 것은, 활짝 열린 냉장고 앞에 서 있는 유미의 작은 등이었다. 유미는 냉장고 안의 음식을 꺼내서 또 냄새를 맡고 있었다.

"이거 상한 거 같은데. 무슨 놈의 냉장고가 시원하지가 않아."

유미는 장우가 온 줄도 모르고 중얼거렸다. 장우는 계약을 하지 않기로 했다고 말했다. 유미가 냉장고 문을 세차게 닫았다.

"넌 대체 왜 그렇게 살아?"

유미의 눈꺼풀이 파르르 떨리기 시작했다.

"야, 난 그래도 니가 어느 정도는 생각이 있는 줄 알았어. 성공에 대한 생각이."

그렇게 말하고서는 잠시 눈을 감고 숨을 두어번 고르더니 다시 장우를 노려보며 입을 열었다.

"제발 인생을 좀 효율적으로 살아봐. 적어도 남들처럼!"

그러고는 전기요금 고지서를 들고 신경질적으로 흔들었다.

지금 뭔들 해야 해. 전기요금 인세돼서 두릴 지 밀몄나고!"

유미가 냉장고를 발로 세게 걷어찼다. 낮게 윙윙대던 냉장고의 소음이 순간 뚝 끊겼다. 잠깐의 정적이 흐른 뒤, 냉장고는 다시 더 날카롭고 크게 윙윙대기 시작했다. 유미는 전기요금 고지서를 구겨 쥐고 펑펑 울면서 침대에 몸을 파묻었다. 장우는 차마 옆에 가지 못하고 바닥에 담요를 펴고 누웠다. 유미의 흐느낌과 냉장고의 진동이 바닥을 통해 미세하게 전해졌다.

조회 수 1,013,574 | 좋아요 11만 | 싫어요 651

유튜브 조회 수는 며칠째 비슷했다. 더는 올라가지 않았다. 장우는 기타 레슨 아르바이트를 하고 집에 돌아오고 있었다. 늘 다니던 골목을 지나다가 이상하게 누군가 자신을 쳐다보는 것 같은 시선을 느꼈다. 장우는 눈빛이 느껴지는 쪽으로 고개를 돌렸다. 그리고 두개의 새까만 눈동자와 마주쳤다. 동물병원 쇼윈도 너머에 놓여 있는 개였다. 새하얗고 곱슬거리는 털을 가진 개였는데, 얼굴 주변이 동그랗게 깎여 있었다. 그 모습이 마치 동그란 솜사탕 같았다. 장우가 가까이 다가가자 개는 유리벽에 앞발을 짚고 일어섰다. 배꼽이 볼록하게 튀어나와 있었다. 개는 마치 오래전 헤어진 주인을 다시 만나기라도 한 것처럼 장우를 뚫어지게 바라보면서 정신없이 꼬리 쳤다.

저 개는 내가 대체 누군 줄 알고 이렇게 반기는 걸까. 말 못하는 짐승의 마음을 들을 수는 없지만 장우는 저 개가 분명히 자신을 원하고 있다는 이상한 확신이 들었다. 그렇지 않고서야, 저런 눈빛이 가능할 리 없었다. 아무런 조건 없이 그냥 네가 너여서 좋다는 그 눈빛. 장우는 자기도 모르게 동물병원 안으로 들어갔다. 주인 없는 개라 데려가도 좋다고 하면서도, 부르는 값이 비쌌다. 프랑스에서도 귀한 품종견이라는 게 그 이유였다. 마침 두달 치 레슨비로 받은 돈 봉투가 뒷주머니에 있었다.

전기요금은 그냥 밀린 것뿐이니까. 아직 끊긴 게 아니니까. 좀 천천히 내도 되지 않을까. 끊기기 전에만 내면 어차피 모든 게 똑같지 않나. 이번 달 말에 유미가 아르바이트하는 까페에서 밀린 월급을 받기로 했다니까 그때 내도 괜찮지 않을까. 장우는 뒷주머니에 꽂혀 있던 돈 봉투를 그대로 내고 개를 받았다. 어쩔 수 없는 일, 원래 이렇게 될 수밖에 없었던 일이라는 생각이 들었다. 장우의 품에 안긴 개는 집에 오는 내내 장우를 바라보며 연신 장우의 가슴팍을 핥았다. 개의 입꼬리가 그리는 모양이 거짓말처럼 예뻤다. 장우는 개의 이름을 보리라고 지었다.

유미는 더이상 울지도 않았다. 머리 뒤로 기타 케이스가 뿔처럼 비죽 튀어나온 장우와 그런 장우의 품에 안긴 작고 하얀 보리를 번갈아 보고서는 다리에 힘이 풀린 듯 침대에 걸터앉았다.

"넌 제정신이 아니야."

그러고는 고개를 미세하게 좌우로 흔들었다. 시선은 방바닥을 불안하게 훑었다.

"전기요금이 연체됐는데, 월급을 털어서 개새끼를 사 오는 사람이 세상에 어디 있어? 왜 그렇게 쓸모없는 짓만 골라서 해? 넌 완전히 맛이 갔어. 나도 이제 더는 못 참아."

유미는 벌떡 일어나 옷장이 있는 쪽으로 걸어가더니 옷장의 몸통을 붙잡고 마구 흔들었다. 옷장 위에 올려져 있던 캐리어가 툭, 소리를 내며 바닥으로 떨어졌다. 처음 장우네 집에 올 때 들고 왔던 캐리어였다. 유미는 옷과 살림을 손에 닿는 대로 욱여넣고 지퍼를 단단히 잠갔다. 그러고는 장우와 냉장고를 한번씩 노려보더니 돌아서서 현관문을 박차고 나가버렸다. 장우는 유미가 나간 집을 둘러봤다. 갑자기 겁이 났다. 장우는 보리를 꼭 끌어안았다. 보리의 보송한 털 사이로 장우의 손가락이 폭 파묻혔다. 따뜻하고 부드러웠다.

나중에 알게 되었지만 보리는 비숑프리제라는 견종이었다. 프랑스의 귀족들이 주로 키우던 종인데 사교성이 좋고 주인을 잘 따르는 것으로 유명하다고 했다. 그만큼 몸값이 비쌌다. 게다가 미용비도 많이 들었다. 특유의 동그란 털 모양을 유지하기 위해 털을 자주 손질해야 해서였다. 밴드 친구들은 장우를 놀렸다.

"개가 귀족이면 뭐 해, 주인이 홍대 최빈민층인데."

"제발 네 머리부터 좀 깎아."

덥수룩한 머리에 비쩍 마른 장우가 다 떨어진 기타 가방을 멘 채로 하얗고 동그랗게 미용을 한 보리를 데리고 다니는 모습은 누가봐도 부자연스러웠다. 장우가 자신은 라면만 먹으면서 보리에게는 유기농 간식을 사 먹인다는 소문도 돌았다. 사람들은 그나마 유미가 있어서 장우가 인간답게 살았는데, 유미가 떠나고 나서는 완전히 미쳐버린 것 같다고 수군거렸다.

장우는 새 곡을 쓰기 시작했다. 언제가 될지는 모르지만 2집에 수록할 곡들이었다. 곡이 완성되면 보리에게 들려주기도 했다. 보리는 장우의 기타 반주만 들으면 꼬리를 치면서 제자리를 빙글빙글 돌았다. 가끔 고개를 쭉 빼고 늑대처럼 울부짖기도 했다. 그럴 때면 언제나 장우와 눈을 마주쳤다. 보리가 솜사탕처럼 동그란 얼굴을 하고서는 장우를 쳐다보고 헥헥거릴 때면 장우는 한없이 벅차올랐다. 말 못하는 짐승이 말 대신 보내는 그 신뢰의 눈빛을, 장우는 좋아했다. 아무것도 걱정하지 말라는 위로를 받는 것 같았다.

보리가 집에 적응하고 화장실도 가리게 됐을 즈음, 통장에 음악저작권협회로부터 삼만원 남짓한 돈이 입금되었다. 1집 음원이 뒤늦게, 27,149번 재생되었다고 했다. 그에 대한 저작권료였다. 30,000이라는 숫자보다, 27,149라는 숫자가 더 그럴듯했다. 음악 인생 최고의 히트였다. 장우는 그 삼만원을 현금으로 뽑아서 새하얀 봉투에 따로 넣은 다음, 가방 깊숙한 곳에 부적처럼 지니고 다녔다. 왠지 이 돈만큼은 함부로 써서는 안 될 것 같은 기분이 들어서였다.

그날 새벽, 잘 울리지 않던 장우의 휴대폰에 모르는 번호로 전화가 걸려 왔다. 처음에는 그게 유미라는 생각이 들지 않을 만큼, 유미가 떠난 지 꽤 오랜 시간이 지난 뒤였다. 수화기 너머는 고요했지만 숨소리를 듣고 유미라는 것을 금세 알아차렸다. 유미야,라고 부르니 유미는 응, 하고 답했다. 예전보다 기운이 많이 빠진 목소리였다. 어디서 지내는지 궁금했는데 일산의 언니네서 머무르고 있다고 했다.

"그렇구나, 다행이네."

"다행이라고?"

유미가 살짝 언성을 높였지만 이내 다시 차분한 목소리로 돌아왔다. 유미는 여러모로 많이 누그러져 있었고, 다시 돌아오고 싶은 눈치였다. 자기가 좀 심했다는 기색도 은근히 내비쳤다. 평소의 유미에게서는 잘 볼 수 없는 태도였다.

유미가 돌아왔으면 좋겠다고 수없이 바랐는데, 막상 시간이 흐르고 나니 유미에 대한 감정이 예전 같지 않았다. 한번 만나보고 싶다는 생각은 여전히 있었지만. 다시 이 집에서 유미가 잠을 자고 밥을 먹는 모습이, 그 자연스럽던 일상이, 이상하게도 이제는 잘 상상이 되지 않았다. 그보다는 털 뭉치가 집 안 곳곳 굴러다니고, 던진 공을 몇번이고 다시 물고 오는 보리가 있는 이 풍경이 더는 바뀌지 않았으면 좋겠다는 바람이 더 컸다. 장우가 한마디만 하면 유미는 금방 자세를 낮추고 돌아올 기세였지만 끝내 돌아오라는 말이 떨어지지는 않았다.

새로 쓴 곡이 마음에 들어서 오랜만에 밴드 합주를 잡은 날이었다. 장우가 합주실에 가려고 현관에서 신발을 신고 있을 때, 보리가 구토를 하기 시작했다. 가끔 이런 적이 있긴 했지만 여러번 계속하는 경우는 처음이었다. 평소답지 않았다. 새카맣게 반짝이던 눈빛은 초점을 잃었고 털은 윤기 없이 푸석거렸다. 장우는 보리를 상수역 근처의 동물병원에 맡기고 합주실로 향했다. 합주하는 내내 보리 생각에 기타 연주가 어긋났고, 음이탈까지 계속 이어지는 바람에 연습이 중단됐다. 장우는 휴대폰을 꺼냈다. 부재중전화 여러통과 문자메시지 하나가 와 있었다. 보리의 상태가 심각하다는 메시지였다. 믿기지 않아 메시지만 멍하니 들여다보고 있을 때 또다시 전화가 걸려 왔다.

수의사는 보리가 오래전부터 탈장 증상이 있었던 것 같은데 왜 병원에 데려오지 않았느냐고 장우를 나무랐다. 게다가 지금 보리는 면역 시스템이 무너져서 적혈구가 제 기능을 못하는 심각한 빈혈 증세를 보인다고 했다. 장우는 의사의 말을 다 이해하지 못해 되물었다.

"저, 그러면 탈장이 문제인가요, 빈혈이 문제인가요?"

"둘 다 문제죠."

의사가 답답하다는 듯 말했다. 보리를 바로 데려갈 수는 없고 입원 치료를 해야 한다고 했다. 우선 입원시킨 상태로 보리의 경과를 시켜보나 수술을 해야 하는데, 수술하고 나서도 입원이 필요할 수 있다고 했다. 수술비와 입원비를 계산해보니 장우의 넉달 치 레슨비와 맞먹었다.

장우는 알고 있었다. 당장 그만큼의 돈이 나올 곳이 없다는 것을. 장우의 통장과 주변 지인들의 신용을 바닥까지 긁어도 그 돈을 구할 수 없다는 것을. 그렇지만 보리한테 받은 것을 생각한다면 가만히 있어서는 안 된다는 생각이 들었다. 보리가 장우를 살렸으니, 장우도 보리를 살려야 했다. 죽는 것 빼고는 뭐든 할 수 있을 것 같았다. 장우는 돈사장에게서 받았던 명함을 꺼내 들었다.

스위프트사운드는 홍대에서도 가장 번화한 곳에 자리 잡고 있었다. 로비에는 소속 가수들의 콘서트 포스터가 붙어 있었다. 장충체육관 R석 139,000원, S석 99,000원. 장우는 머릿속으로 13만 9천에 백을 곱하고, 9만 9천에 3백을 곱한 다음 더해보려고 애썼다. 그때 장우 뒤에서 익숙한 목소리가 들려왔다.

"이게 누구야. 우리 아티스트님께서."

돈사장이 장우 쪽으로 다가오며 인사를 건넸다.

기다리면서 어금니를 하도 꽉 깨물고 있었더니 턱관절이 다 아팠다. 장우가 입을 열었다.

"혹시 계약……"

더는 입이 떨어지지 않아 머뭇거리자 돈사장은 "뭐라고?" 하며 되물었다. 장우가 말을 이었다.

"지금이라도 계약할 수 있을지 해서요."

돈사장이 갑자기 웃음을 터트렸다. 그리고 장우의 어깨를 짚더니 두어차례 두드렸다.

"요새 우리가 키우고 있는 애들이 많아서. 지금은 어렵고, 내가 여력이 있으면 다시 전화를 줄게."

그리고 한마디 덧붙였다.

"이 친구 타이밍 참 못 잡네."

아무런 소득 없이 집으로 돌아오는 길에 장우는 휴대폰으로 유튜브에 접속해보았다. 가장 최근에 작성된 댓글이 일주일 전의 것이었다. 재생 횟수도 백만대에서 그대로 멈춰 있었다. 장우는 집에 돌아오자마자 오선 노트를 꺼내고 기타를 잡았다. 하기 싫었지만, 해야 한다는 생각이 들었다. 오선 노트의 제목 칸에 '냉장고송 2탄'이라고 적었다. 한참을 두리번거리던 장우의 눈에 베란다에 있는 세탁기가 들어왔다.

"나는 일반 세탁기, 드럼보다 덩치도 크고 물도 많이 먹는 일반 세탁기."

장우는 셀프카메라 영상을 '세탁기송'이라는 제목을 달고 유튜브에 올렸다.

온종일 새로고침을 누르며 새로 올린 동영상의 조회 수를 확인했지만 백도 넘지 못했다. 댓글도 달리지 않았다. 나흘째 되던 날, 동영상에 댓글이 하나 달렸다는 알림이 떠서 장우는 부리나케 링크를 클릭했다.

―오, 되게 별론데?

"뭐?" 장우가 댓글을 달려는 찰나, 동료병인으로부터 전화가 걸려 왔다.

보리는 수술대 위에 엎드려 있었다. 초점 없는 눈동자가 장우와 마주쳤다. 옅은 회색에 가까운 눈동자였다.

"선생님, 보리 아직 안 죽었어요."

수의사가 대답했다.

"죽은 거예요."

장우가 되물었다.

"아직 눈 뜨고 있는데요."

수의사가 보리의 사체를 수습하며 말했다.

"원래 죽을 때 눈을 감고 죽는 동물은 사람밖에 없습니다. 많이들 놀라세요."

그리고 이런 일이 한두번이 아니라는 듯 사무적인 말투로 물었다.

"원하시면 꿰매드려요. 어떻게 하시겠어요?"

장우는 잠시 망설이다 대답했다.

"네, 해주세요."

의사가 건조하게 말했다.

"비용은 삼만원입니다."

장우는 가방 속에 넣어두었던, 삼만원이 든 흰 봉투를 꺼냈다. 수의사가 능숙한 솜씨로 보리의 눈꺼풀을 꿰맸다. 의사의 손이 지나간 자리마다 바늘땀이 찍혔다. 보리의 눈이 감겼다. 보리는 그제야 편안해 보였다.

*

금요일 밤의 홍대는 오직 즐기기 위해 나선 것 같은 사람들의 흥분으로 가득했다. 그 화려한 거리를 보리의 유해가 담긴 상자를 안고 걷자니, 장우는 자신이 꼭 세상의 비밀을 품고 있는 사람이 된 것만 같았다. 보리의 유해는 내일 교외의 어딘가에 묻을 생각이었다. 그런데 대체 어디에 묻지? 생각하면 생각할수록, 아버지가 묻혀 있는 고향의 선산밖에 떠오르지 않았다. 그 옆에 보리를 묻으면 아버지가 엄청나게 화를 내시겠지, 하는 생각이 들자 웃음이 피식 나왔다. 보리는 아무것도 모른 채 눈을 감고 자고 있을 것이고 아버지는 눈을 부릅뜨고 호통을 치실 것 같았다.

아버지는 아직도 눈을 감지 못하셨을까. 유미는 늘 아버지가 묻혀 있는 곳에 같이 가보자고 했었다. 죽고 나서의 화해가 무슨 소용일까 싶어 거절했었는데, 이상하게 이제는 그곳에 가봐야겠다는 생각이 들었다. 유미는 잘 있는지도 궁금해졌다. 같은 합주실을 쓰는 다른 밴드의 베이시스트 형으로부터, 유미가 자기네 레이블의 홍보실 직원으로 취직했다는 소식을 전해 들었다. 장우는 유미에게 전화를 걸었다. 길고 긴 통화음이 거리에서 흘러나오는 음악 소리에 묻혀 잘 들리지 않았다. 유미는 끝내 전화를 받지 않았다.

집으로 돌아온 장우는 현관문을 열었다. 냉장고에서 나는 낮고 긴 소음만이 방 안에 가득했다. 이제는 아버지도, 유미도, 보리도 없었다. 창문이 북쪽을 향하고 있는 자취방에는 빛이 잘 들지 않았다. 장우는 무거운 기타를 내려놓고 부엌 쪽으로 천천히 걸어갔다. 그리고 냉장고 문을 열었다. 주황빛 조명이 장우의 발등 위로 쏟아져내렸다. 눈이 부셨다. 장우는 냉장고가 전기를 많이 먹는 이유를 알 것 같았다. 이 냉장고는 성능이 시원찮은 대신 조명이 기막히게 밝았다. 어두컴컴한 방 안에 냉장고 조명이 비추는 그 한폭의 공간만큼은 밝아서 눈이 시릴 정도였다.

장우는 냉장고 문을 연 채로 입구 쪽에 머리를 두고 누웠다. 그래도 냉장고라고, 서늘한 기운이 느껴졌다. 아무것도 하지 않고 한참을 가만히 누워 있으니 나름대로 시원했다. 시원찮지만, 그래도 냉장고니까. 그래 이 정도면 됐지, 하고 장우는 생각했다. 냉장고의 진동이 장우의 뒤통수와 등을 타고 전해졌다. 낮게 웅웅거리는 냉장고 소리가 장우의 심장박동과 만나 규칙적인 리듬을 만들어냈다. 장우는 그제야 자신이 있어야 할 곳으로 무사히 돌아온 것 같아 마음이 편안해졌다. 장우는 냉장고의 문짝을 가만 올려다보았다. 부채꼴 모양의 에너지 소비 효율 등급 스티커가 붙어 있었다. 장우의 냉장고는 4등급, 다소 낮음이었다.

* 제목은 밴드 이스턴사이드킥의 1집 앨범에 수록된 동명의 곡에서 따 왔으며, '엉성히 붙어 있는 부엌 아래'라는 가사로부터 소설의 착상을 얻었다. 소설 속 밴드는 해당 밴드와 관련이 없다.

도움의 손길

까치발을 하고 팔을 뻗어 책장 위를 집게손가락으로 훔쳤다. 먼지 한톨 나오지 않았다. 이번에는 서랍장 손잡이 위를 훑었다. 역시 깨끗했다. 여기는 웬만큼 꼼꼼하지 않고서야 챙기기 쉽지 않은데. 서재를 나와 아직 옷방 문이 열리지 않은 것을 확인한 뒤에 화장실로 들어갔다. 욕조와 세면대의 수도꼭지가 새것처럼 반짝였다. 나는 허리를 굽혀 욕조 바닥에 손가락을 대고 힘주어 문질렀다. 뽀득, 소리가 났다. 아, 이번에는 진짜 마음에 들어. 지난 한달간의 고민이 다 사라지는 순간이었다. 그때 옷방 문이 열리는 소리가 들렸다. 나는 재빨리 나가 현관 앞에 서서 휴대폰을 보고 있던 척했다. 옷을 갈아입고 나온 아주머니가 내게 물었다.

"어떻게, 계속하시겠어요?"

그녀는 자신의 외투 자락을 내려다보고 단추를 잠그면서 무심히 말했다. 그러나 그 말에는 누가 봐도 완벽하게 일을 해낸 사람의 은근한 자신감이 묻어 있었다.

*

가사도우미를 불러볼까,라는 생각에 사로잡힌 건 이 집에 이사 온 뒤부터였다. 우리 부부가 이사 온 네번째 집이자, 결혼 칠년 만에 우리 명의로 마련한 첫번째 집이었다. 그동안 남편은 정유사에서, 나는 백화점에서 빼나나 착실히 승진했다. 매니저 직급에도 남들보다 빨리 올랐고, 해마다 빼놓지 않고 인센티브를 받았다. 그리고 마침내 신도시의 스물여덟평짜리 아파트를 계약할 수 있었다. 지은 지 오년밖에 되지 않아 비교적 깨끗한 아파트였지만 우리 부부의 취향에 맞게 인테리어를 다시 했다. 전셋집에서는 아무리 취향껏 살려고 해도 한계가 있었다. 베란다에 조립식 타일을 깔거나 시트지로 싱크대를 리폼하거나 하는 수준이었다. 그마저도 집주인이 허락하지 않는 경우도 있었다.

이번에는 달랐다. 대출을 끼고 있었지만 어쨌든 내가 집주인이니 뭐든 마음대로 할 수 있었다. 우선 인테리어 디자인 회사와 계약했다. 전문가와 함께 아파트를 실측했고 3D 도면을 그렸다. 퇴근 후에는 매일 남편과 함께 도면을 들여다보면서 벽지 색이며 마룻바닥의 소재나 디자인 같은 것들을 시뮬레이션했다. 바닥은 예전부터 꼭 하고 싶었던 헤링본 스타일로 결정했다. 디자이너가 작은 평수에는 헤링본을 추천하지 않는다고 했지만, 나는 그래도 그걸 고집했다. 대신 벽지와 몰딩의 색을 화이트로 해서 집을 넓어 보이게 했고 가구는 아이보리와 그레이만으로 구성해 통일감을 주었다. 타일 하나조차도 모양, 색깔, 크기와 질감 모두 내가 원하는 대로 골랐다. 백화점에서 리빙 제품 바이어로 일하면서 내 눈은 이미 잔뜩 높아져 있었다. 나는 무엇이 '진짜'인지를 알았다. 새집에 놓여 있는 물건은 어느 것 하나 허투루 들인 게 없었다. 침실 조명은 며칠씩 해외 사이트를 뒤져서 내 마음에 쏙 드는 것으로 설치했다.

이사 오고 나서는 한동안 잠이 잘 오지 않았다. 집도 내 것이고, 집 안에 있는 모든 것들이 다 내가 고른 내 것인데, 그런 집에서 내가 살고 있다는 사실만 내 것 같지 않았다. 눈을 감으면 이상한 불안감에 심장이 빠르게 뛰었고 잠들었다가도 쉽게 깼다. 그럴 때면 나는 조용히 일어나 침실 문을 닫고 거실로 나왔다. 그러고는 마치 처음 와보는 것처럼, 손님의 시선으로 집을 둘러봤다. 무광의 골드로 포인트를 준 방문 손잡이와 날렵한 곡선의 싱크대 수전을 매만졌고, 세 겹의 셰이드 사이로 은은한 불빛이 퍼져나오는 펜던트 조명을 껐다 켰다 해봤다. 내가 신경 쓰고 힘준 것들을 하나씩 짚어본 다음에야 편히 잠들 수 있었다.

새집이 이전에 살던 집에 비해 크게 넓은 것은 아니었다. 그런데도 청소할 때 버겁다는 생각이 자주 들었다. 고작 두세평 차이일 뿐인데, 부엌도 방도 거실도 이전 집보다 미묘하게 조금씩 넓었고 그만큼 손이 조금씩 더 갔다. 집 안의 모든 것들이 새것이다보니, 그 청결함을 계속 유지하고 싶은 마음에 더 예민해진 것도 있었다. 야근을 마치고 돌아와 더 늦은 야근을 하고 오는 남편을 기다리던 날, 오래 고민하다 고른 욕실 타일의 줄눈에 벌써 때가 낀 것을 보고 가사도우미가 있으면 좋겠다고 생각했다. 하지만 막상 부르려고 하니 어쩐지 내키지 않았다. 자기가 먹고 사는 공간 정도는 마땅히 스스로 관리해야 한다는 생각도 있었고, 무엇보다 내가 누군가를 부리는 위치에 있다는 느낌이 불편하고 싫을 것 같았다.

마음이 바뀐 건 회사에서 가깝게 지내는 동료의 말을 듣고 나서부터였다. 알고 보니 비슷한 직급의 꽤 많은 동료들이 이미 가사도우미 서비스를 이용하고 있었다. 해본 사람들은 한결같이 추천했다. 맞벌이 부부가 집을 깨끗이 유지하고 사는 게 쉬운 일이 아니라면서, 한번 이용해보면 진작 부르지 않은 것을 후회할 것이라고 했다. 프로의 손길이 닿은 집을 경험해보면 절대 돈이 아깝지 않을 거라면서. 나는 '프로의 손길'이라는 말에 설득당했다. 전문가의 도움을 받는다고 생각하니 어쩐지 겸허해지는 기분이었다. 그날, 중개업체 전화번호를 받아 왔다.

"우리, 가사도우미 불러보는 건 어때?"

마음의 결정을 하고 남편에게 물었더니 크게 반색하며 그러자고 했다. 유난히 깔끔한 내 성격 때문에 이거 해라, 저거 해라, 다시 해라, 하는 잔소리를 들으니 돈을 쓰는 게 자기도 더 편할 것이다.

가사도우미 서비스를 처음 예약한 날, 남편이 식기세척기에 그릇을 넣으려다 말고 물었다.

"내일부터 아줌마 온다고 했지?"

"응."

대답하면서 나는 아줌마,라는 단어가 별로라고 생각했다.

"그럼 설거지하지 말고 그냥 둬볼까? 처음 오시는데, 어떻게 하는지 볼 겸."

"진심이야?"

남편은 나를 멀뚱히 바라봤다. 내가 한숨을 쉬며 덧붙였다.

"우리 그러지 말자. 식기세척기를 사는 게 아니잖아. 사람이 오는 거라고."

"내 말이 좀 그랬나?" 남편이 머쓱해했다.

"그리고 자꾸 아줌마, 아줌마, 하지 마. 도우미 아주머니,라고 해줘. 우리 도와주시러 오는 분이잖아."

남편은 민망했는지 더는 따지지 않고 식기세척기에 그릇을 넣고 전원 버튼을 눌렀다.

이 아주머니는 내가 업체를 통해 부른 네번째 도우미였다. 그 이전에 세명의 서로 다른 도우미 아주머니들이 한번씩 우리 집을 청소하고 갔다. 우선 일일 서비스를 받고 마음에 들면 고정으로 받으려 했는데, 성에 차는 사람이 없어서 계속 새로운 아주머니를 부른 것이었다. 도우미 아주머니들은 집에 오면 옷부터 갈아입었다. 하나같이 맞춘 듯 비슷한 옷이었다. 헐렁한 몸빼바지에 목이 늘어난 티셔츠였다. 옷을 갈아입고 나와서는 청소도구가 어디 있는지, 특별히 신경 써줬으면 하는 부분이 있는지 등을 물어본 다음, 네시간 동안 집 안 전체를 청소했다.

가사도우미 서비스를 받는 건 생각보다 어려운 일이었다. 나는 서재에 틀어박혀 노트북을 들여다보고 있을 뿐이었지만 마음은 복잡했다. 나이가 지긋한, 그것도 생전 처음 보는 아주머니가 내 집에서 내 살림살이들을 땀 흘리며 청소하고 있다는 사실을 받아들이는 게 편치 않았다. 그러면서도 청소를 충분히 깨끗하게 잘해줄지, 내가 신경 쓴 인테리어를 실수로 더럽히거나 망가트리는 건 아닐지 아는 식성 때눈에 안실부실못했다. 나는 청소를 끝낸 도우미 아주머니가 옷을 갈아입는 동안 옷장 밑에 손을 넣어보거나 서랍장 손잡이 위를 훑어보거나 했다. 늘 조금씩 실망스러웠고 내 기준에는 다들 못 미쳤다. 매주 새로운 가사도우미를 불러다놓고 신경 쓰느라 평일 오프를 세번이나 날리자 나는 왜 돈을 쓰면서도 스트레스를 받을까, 하는 자괴감에 빠졌다.

네번째 아주머니의 첫인상은 별로 좋지 않았다. 내가 "저희 집은 설거지 안 하셔도 돼요. 식기세척기가 있어서"라고 하자마자 대뜸 내 팔뚝을 가볍게 때렸기 때문이었다.

"새댁, 설거지는 손으로 뽀드득하게 해야 되는 거야. 그건 기계가 따라갈 수가 없어요."

나는 당황해서 맞은 부위를 다른 쪽 손으로 문지르며 대답했다.

"아…… 그럼 편하실 대로 해주세요."

그리고 아주머니를 세탁실로 안내했다.

"수건이랑 면으로 된 것만 일반 세제랑 섬유유연제 넣고 표준 코스로 돌려주시고요. 나머지 옷은 울 샴푸 넣고, 울 코스로 돌려주시면 돼요. 아, 그리고 울 샴푸 쓰실 땐 섬유유연제 넣지 말아주세요."

그러자 그녀가 세탁기 옆에 놓인 플라스틱 바구니 안의 빨랫감들을 엄지와 검지만으로 집어 뒤적이며 말했다.

"요즘은 다 아기 옷 코스로 돌리는데, 새댁은 그거 모르나봐?"

내가 의아해하자 아주머니는 '아기 옷'이라고 쓰여 있는 세탁기의 버튼을 가리켰다.

"이거 몰라요? 요즘 세탁기는 다 이런 게 있어. 이걸로 돌리면 옷이 덜 상하거든."

은근한 반말과 아는 척에 약간 짜증이 났고, 이번에는 단호하게 말했다.

"저희 집은 그냥 제가 말씀드린 대로 부탁드려요."

"으응, 알았어요."

나는 아주머니가 청소하는 내내 서재에서 업무를 보다가 마지막으로 그녀가 서재를 청소하러 들어왔을 때 안방으로 옮겼다. 침대 위 이불이 주름 하나 없이 팽팽하게 펴져 있었고 베개와 쿠션이 각 잡혀 정리되어 있었다. 방금 체크인 하고 들어온 호텔의 새 침구들 같았다. 나는 그 위에 웅크리고 누웠다가 깜빡 잠들었고, 문밖에서 아주머니가 "다 했어요"라고 크게 이야기하는 소리에 놀라서 일어났다. 나는 그녀가 옷을 갈아입는 동안 책장 위, 서랍 손잡이 위, 욕조 바닥을 체크했고 비로소 기분이 좋아졌다. 처음으로, 이 아주머니에게 우리 집을 맡기고 싶다는 생각이 들었다. 옷을 갈아입고 현관 앞으로 나온 그녀가 입을 열었다.

"딱 보면 알겠지만 바닥은 다 손걸레로 했어요."

자신만만한 목소리였다. 나는 바닥을 내려다봤다. 확실히 이전 아주머니들이 왔을 때랑 뭔가 달랐다. 티크 소재의 헤링본 마루가 매끈하게 빛나고 있었다.

"감사합니다."

"원래 요즘은 손걸레 안 해주는 거 알죠? 손걸레질 해주는 사람은 나밖에 없어요. 난 내가 뭐 고생아니라도 손걸레로 해야 속이 시원하더라고. 내 성격이 그래요. 워낙에 깔끔해서."

"그러시구나, 감사해요."

나는 종이봉투에 넣은 현금을 건넸다.

"어떻게, 계속하시겠어요?"

봉투를 받은 그녀가 자신의 외투 자락을 내려다보고 단추를 잠그면서 물었다. 나는 잠시 망설이다가 부탁했다.

"혹시 격주로 와주실 수 있으세요?"

"격주요?"

아주머니가 조금 떨떠름해 보여서 갑자기 조바심이 났다. 겨우 마음에 드는 아주머니를 만났는데 이번에는 절대 놓치고 싶지 않았다. 나는 나도 모르게 어리광 섞인 목소리로 부탁했다.

"예, 그렇게 해주시면 안 될까요? 저희 집이 그렇게 넓지도 않구.

맞벌이라 낮에는 거의 비어 있고, 아이도 없어서 집이 잘 안 더러워져요. 이주에 한번 정도면 딱 적당할 것 같거든요."

아주머니가 잠시 생각하더니 대답했다.

"그래요, 그럼. 어차피 금요일에 다른 일 없으니까."

그러더니 처음으로 날 빤히 쳐다보며 물었다.

"근데, 애는 왜 아직 없어?"

당황스러웠지만 자주 듣는 질문이라 내색하지는 않았다.

"결혼한 지 얼마 안 됐어요."

"신혼이구나, 언제 결혼했어요?"

"작년에요."

나는 늘 그렇듯이 대충 둘러댔다.

"으응, 그럼 아직은 멀었네."

아주머니는 내가 건넨 돈 봉투를 가방에 넣으면서 신발을 신었다. 갈색 인조가죽으로 된, 구두도 운동화도 아닌 신발의 뒤축이 다 닳아 있었다. 나는 현관문을 열어드리면서 "다다음 주에 뵙겠습니다" 하고 고개 숙여 인사했다. 그때 복도로 나가려던 아주머니가 갑자기 뒤돌아 물었다.

"참, 혹시 어느 교회 다녀요?"

"네?" 나는 깜짝 놀라 말했다. "저 교회 안 다니는데요."

"서재에 성경책이 있길래. 다니는 줄 알았지."

그걸 또 어떻게 봤지. 아마 책장 맨 아래 칸에서도 가장 구석에 처박혀 있을 텐데. 내 물건이 맞긴 했지만 펼쳐본 지는 이십년도

넘은 것이었다. 내가 당황해서 머뭇거리는 사이 아주머니가 현관
문을 열고 나갔다.

"그럼 다다음 주 금요일에 올게요."

어쩐지 찝찝한 면이 있었지만 개의치 않기로 했다. 더는 새 아주
머니를 불러서 안절부절못하며 네시간을 기다리고, 확인하고 하는
불편한 상황을 만들고 싶지 않았다. 이 아주머니는 말 그대로 프로
였고 청소만 잘하면 그만이라는 생각이 들었다.

나는 서재에 들어가 아주 오랜만에 성경책을 꺼냈다. 낡아서 너
덜거리는 표지에 삐뚤삐뚤한 글씨로 '윤실비아'라고 적혀 있었다.
고향 집에서 버스로 두 정거장 거리에 우리 지역에서 가장 큰 성당
이 있었다. 어릴 때부터 그곳에 다니면서 세례도 받았다. 한때는 성
가대 활동도 했었는데 고등학생이 되면서부터 공부한다는 핑계로
성당에 나가지 않았고 그 후로는 자연스럽게 발길을 끊었다. 이제
는 어디 가서 천주교 신자라고 말하지도 않게 되었지만, 그래도 성
경책은 버리기가 좀 그래서 관성적으로 계속 가지고 이사를 다닌
것뿐이었다. 가름끈이 끼워져 있는 곳을 펼쳤더니 루카복음 16장
19절이 나왔다.

'예전에 부자 한 사람이 있었는데 그는 화사하고 값진 옷을 입고
날마다 즐겁고 호화로운 생활을 하였다. 그 집 대문간에는 사람들
이 들어다 놓은 라자로라는 거지가 헌데투성이의 몸으로 앉아 그
부자의 식탁에서 떨어지는 부스러기로 주린 배를 채우려고 했다.
더구나 개들까지 몰려와서 그의 헌데를 핥았다.'

거기까지 읽고 나는 성경책을 덮었다. 엉겨붙은 머리를 하고 누더기를 걸쳐 입은 거지가 머릿속에 그려졌다. 저택 담벼락 앞에 놓인 쓰레기통을 뒤져 음식쓰레기를 꺼내 먹는 거지. 냄새나는 떠돌이 개들이 그 거지의 해진 신발 밖으로 삐져나온 더러운 발가락을 핥는 장면이 상상되었고, 구역질이 났다. 자세히 들여다보면 성경에는 자극적인 장면이나 묘사가 많았다. 주일학교의 연례행사인 '십자가의 길'에 참여하는 것은 내가 가장 꺼리는 일 중의 하나였다. 예수에게 가시관을 씌우고, 조롱하고, 예수가 언덕을 올라가다 넘어져 피가 흐르는 것을 지켜보고, 그의 옷을 벗기고, 손바닥에 못을 박는 모든 장면을 한시간 내내 시각적으로 체험하며 곱씹는 일은 어린 나이에 감당하기엔 지나치게 공포스럽고 잔인했다. 열살 무렵, 미사가 끝나고 들어간 교리 교실의 한가운데에 커다란 강냉이 한포대가 놓여 있었다. 교리 선생은 아이들에게 나무젓가락 여러벌과 일회용 숟가락을 나누어주면서, 나무젓가락을 고무줄로 연결해 긴 막대를 만들고 그 끝에 숟가락을 묶으라고 했다. 아이들은 시키는 대로 아주 긴 숟가락을 만들었다. 선생은 그 숟가락으로 강냉이를 퍼서 먹어보라고 했다. 막대기를 이어 붙인 숟가락은 어린 아이의 팔보다 훨씬 길었고 당연히 제대로 먹을 수 없었다. 아무도 성공하지 못해 강냉이가 교실 바닥에 다 쏟아졌고 아이들이 소란스럽게 웃기 시작했다. 교리 선생이 손바닥으로 책상을 탁탁 치면서 말했다.

"자, 여러분. 이제 친구들끼리 서로 먹여줘보세요."

138

아이들은 둘씩 짝을 지어 강냉이를 서로에게 떠먹여줬다. 숟가락이 너무 길어서 동작이 부자연스럽긴 했지만 어쨌든 먹을 수는 있었다. 그 상황이 재미있어서 또 웃음이 터졌다. 교리 선생은 그런 아이들을 지켜보다가 칠판에 두개의 그림을 붙였다. 하나는 천국이고 하나는 지옥이었다. 천국에 있는 사람들은 긴 숟가락으로 서로에게 밥을 떠먹여주고 있었고, 지옥에 있는 사람들은 혼자만 먹으려고 하다보니 밥을 하나도 먹지 못해 뼈밖에 남지 않았다는 이야기였다. 심지어 그들의 하반신은 불구덩이에 잠겨 있었다. 나는 교리 선생에게 물었다.

"그러면 숟가락 안 쓰고 그냥 손으로 먹으면 되지 않아요?"

선생은 약간 당황하다가 곧 싸늘한 표정을 하고 이렇게 말했다.

"그게 마음대로 될까요? 지옥에서는 숟가락을 불로 녹여서 손바닥에 붙여버린답니다."

그 후로 나는 숟가락이 손에 붙어버릴까 몇번이나 확인하며 밥을 먹느라 곧잘 체하는 아이로 자랐다. 나는 다시 성경을 들어 아무 장이나 펼쳤다. 이번에는 루카복음 6장 20절이었다.

'그때에 예수께서 제자들을 바라보시며 말씀하셨다. 가난한 사람들아, 너희는 행복하다. 하느님 나라가 너희의 것이다. 지금 굶주린 사람들아, 너희는 행복하다. 너희가 배부르게 될 것이다.'

그래, 이런 내용이 있었지. 나는 성경책을 근처 성당이나 도서관에 기증해야겠다고 생각했다.

*

　두번째 방문 날, 도우미 아주머니는 현관문을 열자마자 잔뜩 인상을 찌푸렸다.

　"어휴, 저번에도 느꼈지만 이 집은 새집 냄새가 너무 나."

　"그런가요? 저는 계속 있어서 그런지 모르겠는데."

　"으응, 화학물질 냄새가 확 올라와요. 인테리어 새로 한 건가?"

　우리 집은 누가 봐도 인테리어 새로 한 집이 맞는데 왜 굳이 물어보는 건가, 싶었지만 그냥 적당히 대답했다.

　"네, 이번에 다 새로 하고 들어왔어요."

　"예쁜 건 좋지만, 새집증후군이라는 게 새댁 몸에 안 좋아요. 이제 임신도 해야 되는데 특히 조심해야지."

　그녀는 온 집 안의 창문을 활짝 열어젖히기 시작했다. 늦가을이라 제법 한기가 느껴졌고 팔에 소름이 돋았다. 나는 서재로 들어가서 문을 닫았다. 노트북을 켜고 이메일을 확인하다가 포털 사이트에 접속해 '새집 냄새 없애는 법'을 검색했다. 그때 갑자기 아주머니가 서재 문을 벌컥 열고 들어왔다. 누렇게 바랜 티셔츠에 군데군데 얼룩이 지고 무릎이 나온 바지, 그녀의 작업복으로 갈아입은 채였다.

　"혹시 업체에다 나 여기 고정으로 오는 거 이야기했어요?"

　고정 서비스를 받으면 건당 수수료가 없는 대신, 내가 연회비 팔만원을 중개업체에 내야 한다는 것이었다. 업체를 소개해줬던 동료가 설명했는데 잊고 있다가 그제야 생각이 났다. 연회비가 생각보다 세다는 생각이 들었다. 나는 혹시 업체에 따로 이야기하지 않으면 아주머니가 손해 보는 부분이 있는지를 물었다.

"얘기하나 안 하나 내가 받는 돈은 어차피 똑같아요."

"그러면 그냥 따로 이야기 안 할게요. 전화번호도 다 있고, 저희 둘이 연락해서 스케줄 잡으면 되니까. 괜찮으시죠?"

"그래요, 그럼." 아주머니가 대수롭지 않게 말하며 나갔다.

그 후로도 아주머니는 서재에 노크도 없이 자주 들어왔다. 첫날부터 느끼긴 했지만 그녀는 짐작했던 것보다 훨씬 더 말이 많은 편이었다. 내가 서재에 있든 침실에 있든 벌컥벌컥 문을 열고 들어왔고 묻지도 않은 이야기를 늘어놓았다.

"내가, 아들만 셋인 사람이에요."

그래서 어쩌라는 거지? 대체 어떻게 대꾸해야 할지 모를 말이었다. 나는 항상 비슷하게 반응했다. 이 말밖에는 할 수 있는 말이 없었다.

"그러셨구나."

그녀는 왜인지 모르게 더 신이 나서 말했다.

"큰아들은 벌써 결혼해서 손주 봤고, 둘째는 이번에 취직했고, 막내는 군대 가 있고. 사실 내가 이 일을 시작한 지가 그렇게 오래되진 않았어요. 애들 셋 다 키워놓고 시간적으로 여유도 있고 그래서 몸도 좀 움직일 겸 운동 삼아 하는 거지. 성격이 워낙에 깔끔하니까 적성에도 잘 맞고."

그러더니 대뜸 이렇게 말했다.

"새댁도 내년엔 아기 가져야지."

나는 휴대폰을 들여다보는 척하면서 일어났다.

"저 급히 볼일이 생겨서 잠깐 나갔다 올게요."

집 근처 까페로 피신했다. 시나몬 가루를 듬뿍 올린 따뜻한 카푸치노를 한모금 마시자 스트레스가 좀 풀리는 것 같았다. 다음부터는 문만 열어주고 까페에 나와 있는 게 마음이 편하겠다는 생각이 들었다. 그녀가 나쁜 의도에서 그런 말을 하는 건 아닐 것이다. 그 세대에서는 당연하게 여겨졌던 가치일 테니까.

우리 부부는 아이를 가지지 않기로 했다. 나에게 아이는 마치 그랜드 피아노와 같은 것이었다. 평생 들어본 적 없는 아주 고귀한 소리가 날 것이다. 그 소리를 한번 들어보면 특유의 아름다움에 매혹될 것이다. 너무 매혹된 나머지 그 소리를 알기 이전의 내가 가엾다는 착각까지 하게 될지 모른다. 당연히, 그만한 가치가 있을 것이다. 하지만 책임감 있는 어른, 합리적인 인간이라면 그걸 놓을 충분한 공간이 주어져 있는지를 고민해야 할 것이다. 집 안에 거대한 그랜드 피아노를 들이기 전에 그것을 놓을 각이 나오는지를 먼저 판단해야 할 것이다. 아무리 부족해도 어떻게든 욱여넣고 살면 살아진다는 것도 알고 있다. 물론 살 수는 있을 것이다. 집이 아니라 피아노 보관소 같은 느낌으로 살면 될 것이다. 그랜드 피아노가 거실 대부분을 차지하게 될 테고 패브릭 소파와 소파스툴, 원목 거실장과 몬스테라 화분은 둘 엄두도 못 낼 것이다. 거실을 통해 부엌으로 가려면 한가운데로 가로지르지 못하고 발뒤꿈치를 들고 피아노의 뒷면과 벽 사이로 겨우 지나가거나, 기어서 피아노 밑을 통과해야 할 것이다. 우리 부부는 그렇게 살고 싶지 않았다. 여태까지단 한번도 충분하다거나 여유롭다는 기분으로 살아본 적 없는 삶이었다. 삼십대 중반, 이제서야 비로소 누리게 된 것들을 남은 인생에서도 계속 안정적으로 누리며 살고 싶었다. 이십평대 아파트에는 그랜드 피아노를 들이지 않는다. 그것이 현명한 우리 부부가 할수 있는 가장 합리적인 선택이었다.

결혼식을 앞두고 처음 집을 구하러 다닐 때만 해도, 턱없이 부족한 전세금을 들고 주말마다 궁색한 집들을 전전했었다. 양가의 도움을 받을 수 없는 형편이었고 사회에 나와 고작 서너해 일했을 뿐인 남편과 내가 그간 모은 돈만으로 집을 구하고 결혼식을 해야 했다. 우리는 주로 부엌 겸 거실과 방 하나만으로 이루어진 다세대빌라들을 보러 다녔다. 그런 집은 복도에서부터 나를 우울하게 만들었다. 안 그래도 좁은 복도에 유모차와 세발자전거와 집에 둘 공간이 없어 밖으로 내놓은 것으로 보이는 살림살이들이 늘어져 있었고, 그 때문에 부동산 직원과 남편과 나는 탐험대처럼 일렬로 줄지어 걸어야 했다. 초인종을 누르면 문을 열고 나오는 여자들은 하나같이 비슷한 얼굴을 하고 있었다. 윤기 없이 푸석한 피부, 아무렇게나 질끈 묶은 머리카락, 무언가 다 소진해버린 것만 같은 표정. 그런 표정으로 늘 집을 보러 온 우리에게 '못 치워서 미안하다'며사과했다. 집이 너무 좁아서 벽에 걸린 결혼사진이 지나치게 크게 느껴졌고, 웨딩드레스를 입은 사진 속 여자와 내 앞의 세입자가 같은 사람이라고 믿을 만한 구석을 찾을 수 없었다. 결혼사진 옆에는 으레 '서준이의 백일을 축하합니다' 같은 문구가 적힌 파스텔톤의 플래카드가 걸려 있었고, 서준이라는 이름을 가졌을 그 아이는 알록달록한 원색의 장난감들을 부엌 겸 거실이 가득 차도록 늘어놓고 놀다가 나를 빤히 쳐다봤다. 부동산 직원과 남편과 나는 그 원색의 장난감들을 밟지 않게 조심하며 집을 봤다. 나는 그녀들이 더 넓고 쾌적한 집으로 이사하느라 그 집을 내놓았기만을 바랐다.

아주머니가 오신 지 네시간이 다 되어갈 때쯤 나는 까페에서 집으로 돌아갔다. 현관문을 열자 가지런히 정리된 남편과 나의 구두가 눈에 들어왔다. 마룻바닥은 매끈했고 머리카락 하나 보이지 않았다. 부엌으로 들어갔더니 아주머니가 설거지를 마친 그릇을 일일이 마른 천으로 닦아서 찬장에 넣고 있었다.

"왔어요?"

"그냥 두시면 넣는 건 제가 해도 되는데요."

"하는 김에 다 하는 거지, 뭘."

나는 현금이 없어서 아주머니께 계좌번호를 알려달라고 부탁했다. 그녀가 쪽지에 계좌번호를 적어주었고 나는 그 자리에서 인터넷 뱅킹 앱을 열었다. 그런데 알려준 계좌의 예금주명이 아주머니의 이름이 아니었다.

"예금주 이름이 다른데요?"

"우리 아들 계좌예요. 그쪽으로 넣어주면 돼."

아주머니가 네시간 동안 일해서 번 돈이었다. 이 돈이 아주머니의 지갑이 아닌 아들의 계좌로 들어간다고 생각하니 어쩐지 속이 상했다. 다음에는 잊지 않고 미리 현금을 찾아놔야겠다고 생각했다.

세번째 날에도 어김없이 아주머니는 인상을 찡그리며 등장했다.

"새집 냄새가 아직도 안 빠졌네."

나는 잘못이라도 한 사람처럼 변명했다.

"그게, 날씨가 추워져서 계속 문을 열어놓고 있을 수가 없더라고요……"

슬그머니 서재로 들어갔다. 노트북과 읽을 책을 가방에 챙겼다. 오늘도 까페에 가 있을 생각이었다. 나는 "잠시 볼일 좀 보고 올게요"라고 말한 뒤 현관문을 나서면서 한가지를 부탁드렸다.

"참, 오늘은 창틀 청소 좀 해주실 수 있으세요?"

빨랫거리를 들고 세탁실로 가던 아주머니의 표정이 어두워졌다. 그녀가 뜸을 들이더니 난색을 보였다.

"새댁이 잘 모르나본데, 요즘 창틀 청소는 안 해줘요."

"네?"

"원래가 그래. 저게 시간이 엄청 들어가거든. 네시간 동안 할 수 있는 게 아니에요."

아주머니와 나 사이에 잠시 침묵이 흘렀다. 내가 먼저 입을 열었다.

"그러면 오늘은 빨래랑 설거지는 안 하셔도 되세요."

"으응. 알겠어요, 그럼." 아주머니가 나를 보지 않고 대답했다.

나는 지난번처럼 네시간 동안 까페에서 시간을 보내다 집으로 돌아갔다. 슬쩍 확인해보니 거실과 안방의 베란다를 포함해 모든 창틀이 깨끗하게 청소되어 있었고, 빨래와 설거지도 다 마무리되어 있었다. 무리해서 일해준 것에 대한 고마움이 잠시 스쳤지만, 네시간 동안 다 할 수 있는 일이면서 왜 그렇게 싫은 소리부터 했을까 싶어 조금 서운했다. 그래도 추가 업무를 한 것에 대해서는 마땅히 비용을 지급해야 한다고 생각했다. 처음부터 그럴 생각으로 부탁드린 것이었다. 나는 아주머니께 봉투를 내밀며 말했다.

"오늘은 만원 더 넣었어요."

그제서야 그녀의 얼굴에 화색이 돌았다.

"아이고, 감사합니다."

아주머니가 양손으로 봉투를 받으며 고개를 꾸벅 숙였다. 그다음부터 그녀는 우리 집 문을 열고 들어오자마자 신발도 벗지 않은 채로 이렇게 묻기 시작했다.

"오늘은 어떻게, 창틀 청소할까요?"

아무렇지 않은 듯, 그러나 꾹 참고 있는 설렘을 감출 수 없는 목소리로.

*

　시간이 지날수록 도우미 아주머니가 출근하는 시간이 늦어졌다. 원래 아홉시이던 출근 시간이 십분 이십분씩 늦춰지더니 어느 순간부터는 열시가 다 되어서야 오기 시작했다. 아주머니는 도착하자마자 현관에 서서 목도리를 둘둘 풀어 헤치면서 늘 사과 대신 이렇게 말했다.

　"어휴, 버스가 너무 늦게 와. 한대 보내면 삼십분을 기다려야 하니까." 그리고 이어서 말했다. "오늘은 어떻게, 창틀 청소할까요?"

　알고 보니 아주머니는 우리 집에서 버스로 한시간이나 걸리는 곳에 살고 있었다. 게다가 여기까지 오는 유일한 버스의 배차 간격이 삼십분이라고 했다. 추운 날씨에 버스로 한시간이나 걸려서 출근하는 사정은 딱했지만, 예전에는 시간 맞춰서 출근하는 데 문제가 없었기 때문에 그녀가 초심을 잃었다는 생각밖에 들지 않았다. 중개업체를 소개해줬던 회사 동료네 아주머니는 차를 가지고 다녀서 잘 늦지 않는다고 했다. 나는 우리 아주머니도 운전하는 분이었으면 좋겠다는 생각이 들었다. 동료가 지각 문제는 업체에 이야기하라고 조언했지만 그럴 수 없는 상황이었다. 나는 그냥 좀더 지켜보기로 했다.

　"여보, 빨래가 좀 이상해."

　그날 저녁, 남편이 건조대에서 수건을 걷다가 나를 불렀다. 만져봤더니 수건이 딱딱했다. 아무래도 섬유유연제를 넣지 않은 것 같왔다. 정작 넣지 말라고 한 스웨터에서는 섬유유연제 향이 과하게 났다. 헷갈린 건가, 싶었는데 지켜보니 또 그것만은 아니었다. 어떤 날은 스웨터나 블라우스가 지나치게 거칠어져 있었고, 어떤 날은 면 티셔츠의 때가 제대로 빠지지 않은 채였다. 표준 코스와 울 코스로 나눠서 빨아달라고 한 것을 무시하고, 어떤 날은 죄다 표준 코스로 빨고 어떤 날은 죄다 울 코스로 빠는 것 같았다. 이것도 추측일 뿐이긴 했다. 아주머니가 일하는 동안 항상 까페에 가 있으니 어떻게 빨래를 하고 있는지 알 수 없었고, 까페에 가지 않는다고 해도 일일이 따라다니면서 확인할 수도 없는 일이었다. 남편은 빨래를 걸 때마다 이 아주머니가 마음에 들지 않는다고 했다.

"다른 곳도 예전 같지 않아. 액자 위에 먼지 쌓인 거, 그동안 볼 때마다 내가 닦고 있었어. 언젠가부터 아주머니가 안 닦으시더라고."

액자 위는 나도 눈치채고 있었지만 동조하지는 않았다.

"그 정도야 뭐. 할 게 많으면 못할 수도 있지."

"그것뿐만이 아니야. 갈수록 전체적으로 대충 하는 것 같아."

"아니야, 그러실 분은 아니야."

"다른 사람으로 바꾸면 안 돼?"

나는 남편의 말이 채 끝나기도 전에 말을 잘랐다.

"내가 불러봐서 알잖아. 이만한 사람이 없어. 정말 깔끔하신 분이야. 내가 알아서 할게."

애초에 세탁과 관련해서 지나치게 복잡하게 설명한 것 같다는 생각이 들었다. 나이를 먹을수록 기억력이 나빠지는 건 당연했다.

아주머니가 기억하기에 내가 요구하는 게 너무 많았을 수 있다. 나는 아주머니가 하는 일의 복잡도를 줄여야겠다고 생각했다.

"이제부터는 그냥 다 울 코스로 빨아주세요."

옷방에서 빨래바구니를 꺼내 들고 나오는 아주머니에게 말했다. 그녀는 혀를 한번 쯧, 하고 차더니 입을 열었다.

"새댁이 이제야 내 말을 듣네."

그녀의 반응은 뜻밖이었다.

"그러게 내가 처음부터 그렇게 하라고 했잖아요."

나는 진심으로 이해하지 못해서 다시 물었다.

"그게 무슨 말씀이세요?"

"여기 온 첫날 말이야. 내가 그때 빨래는 다 울 코스로 돌려야 한다고 했잖아요. 그래야 옷이 덜 상한다고."

"그런 말씀 하신 적 없으신데요."

나는 떨리는 목소리를 애써 침착하게 유지하려고 했다. 아주머니가 고개를 절레절레 저으면서 말했다.

"아이고, 젊은 새댁이 벌써 그렇게 건망증이 심해서 어떡해?"

그녀는 빨랫감을 들고 세탁실로 들어가버렸다. 얼굴이 화끈거렸다. 빨리 집을 벗어나고 싶었다. 서재로 들어가서 까페에 가지고 갈 짐을 챙기기 시작했다. 우리 집에 온 첫날, 아주머니는 '아기 옷 코스'를 권했었다. 내가 부탁드린 건 그게 아니라 '울 코스'였다. 그것도 그렇게 하고 싶어서가 아니라 두번 나눠서 세탁하는 것을 귀찮아하는 것 같아서, 일을 줄여드리려고 한 이야기였다. 생각할수록 기분이 나빴고 아주머니와 더는 말을 섞고 싶지 않았다. 나는 나갔다 오겠다는 말도 하지 않고 그냥 집 밖으로 나와버렸다.

세시간 반쯤 지나 집에 돌아왔더니 아주머니는 이미 청소를 다 끝내고 옷까지 갈아입은 상태였다. 오기는 삼십분 늦게 와놓고 가는 시간은 딱 맞추고 있었다. 그녀는 내가 말없이 내민 돈 봉투를 받아 가방에 챙겼다. 그리고 현관 바닥에 떨어져 있던 머리카락 한 올을 손가락으로 꾹 눌러 집어 올리더니 그걸 자기 외투 주머니에 넣으면서 말했다.

"새댁, 미안한데 시간 좀 바꾸면 안 될까? 열한시로."

이미 마음대로 열시쯤으로 바꾸지 않았나? 하는 생각이 들었다.

"무슨 일 있으세요?"

"아유, 우리 손주 때문에."

아들 내외가 오전 시간에 아이를 봐달라고 부탁했다는 것이었다. 최근 며느리가 동네 반찬가게에서 아르바이트를 시작했는데 스케줄이 꼬여서 당분간 오전에 잠시 봐줄 사람이 필요하다고 했다.

"네, 그렇게 하세요."

나는 사무적으로 대답했다.

아주머니가 나간 뒤, 현관문을 잠그고 돌아섰다. 청소를 갓 마쳐 깨끗해진 거실이 한눈에 들어왔다. 먹색 패브릭 소파의 오른쪽 팔걸이에 노르딕 패턴의 쿠션 두개가 가지런히 기대어져 있었다. 나는 그제야 마음이 조금 누그러졌다. 사이드 테이블에 올려둔 캔들

워머를 켠 뒤, 소파에 앉아 팔걸이를 쓰다듬었다. 역시 가죽이 아닌 패브릭으로 선택하길 잘했다는 생각이 들었다. 내년 여름에는 밝은 색상의 패브릭으로 커버를 교체할 생각이었다. 쿠션을 머리에 베고 소파에 길게 누웠다. 휴대폰을 들어 메신저를 켰다. 남편에게 메시지를 보낼 생각이었는데, 나도 모르게 아주머니의 프로필을 찾고 있었다. 도우미 아주머니,라고 저장했는지 그냥 아주머니,라고 저장했는지 기억이 나지 않아 'ㄷ'과 'ㅇ' 사이를 왔다 갔다 했다. 나는 'ㅇ'에서 '아주머니'를 찾았고 프로필 사진을 크게 확대해봤다. 가족사진이었다. 아주머니는 갓난아이를 안아 잔칫상 위에 앉히고 있었다. 집에서 차린 것 같은 잔칫상에는 케이크, 과일, 백설기 따위와 함께 토끼 인형이 놓여 있었고, 그 아래에는 '주은이의 백일을 축하합니다'라는 글씨가 적힌 알록달록한 가랜드가 매달려 있었다. 아주머니의 양옆에는 아들로 보이는 사람과 며느리로 보이는 사람이 각각 서 있었는데, 며느리는 또다른 아이를 안고 있었다. 어쩐지 체기가 느껴졌다. 나는 남편에게 퇴근길에 약국에 들러 소화제를 사달라고 부탁했다.

*

올해 첫 대설주의보가 내린 날이었다. 그날은 오프였는데도 회사에 나가봐야 했다. 국내 최초로 입점하는 스웨덴 키친웨어 브랜드와의 계약 건에 문제가 생겨 급히 법무팀과 미팅을 잡은 것이었다. 현금이 든 봉투를 현관 선반 위에 미리 올려두었고, 아주머니께는 문만 잘 닫고 가시면 된다고 말씀드리고 집을 나섰다. 나는 지하 주차장에 들어서고 나서야 코트 주머니에 차 키가 없다는 사실을 깨달았고, 엘리베이터를 타고 다시 집으로 올라갔다.

도어락의 비밀번호 여덟자리를 누르고 현관문을 열었다. 그러자 집 안에서 낯선 소리가 들려왔다. 높낮이가 일정하게 반복되면서 어딘가 부자연스럽게 떨리는 소리. 그건 가느다랗게 새어나오는 노랫소리였다. 나는 소리가 흘러나오는 방향을 따라 천천히 한발짝씩 부엌 쪽으로 걸어갔다. 노랫소리가 점점 커지기 시작했다. 아주머니가 가성으로 무언가를 흥얼거리고 있었다.

"나 — 주 — 의 도 — 움 받 — 고자 — 주 예 — 수님 — 께 빕 — 니다 — 그 구 — 원 허 — 락 하 — 시사 — 날 받 — 아 주 — 소서 —."

그녀는 젖은 행주로 싱크대를 훔치며 계속 흥얼거렸다. 내가 도어락을 열고 들어오는 소리를 분명 들었을 텐데도 노래를 멈추지 않았다. 거실과 부엌 사이에 선 내가 아주머니의 옆모습을 계속해서 바라보자 그녀는 그제야 고개를 돌려 나를 쳐다봤다. 눈이 정확히 마주쳤는데도, 내 눈을 바라보고 있는 채로, 그녀의 입과 목젖은 계속해서 노래를 부르고 있었다.

"내 모 — 습 이 — 대로 — 주 받 — 아주 — 소서 —."

그녀는 줄곧 흥얼대며 눈부터 씨익 웃더니 그제야 노래를 멈추고 물었다.

"뭐 놔두고 갔나봐?"

"화장대에 차 키를 두고 온 것 같아서요."

"으응."

다시 고개를 돌린 그녀가 이번에는 들릴 듯 말 듯한 허밍으로 멜로디를 마저 흥얼거렸다.

애초의 계획과는 달리 출발한 지 두시간도 채 되지 않아 집으로 다시 돌아가야 했다. 눈이 너무 많이 내려 도로가 마비된 나머지 회사까지 제시간에 가기 힘든 상황이 된 탓이었다. 다행히 그사이에 문제가 될 뻔했던 일이 해결되어 미팅을 취소하고 각자 집에서 업무를 마무리하기로 했다. 나는 차를 돌려 다시 집으로 향했다.

현관문을 열고 들어갔다. 이상하게 집 안이 고요했다. 분명 아직 있어야 할 아주머니가 보이지 않았다. 설마, 하는 마음에 다시 현관으로 가봤다. 선반 위의 봉투가 없었다. 그녀는 이미 퇴근한 상태였다. 시계를 보니 내가 집을 나선 지 두시간 오십오분이 지나 있었다. 너무 심하다는 생각이 들었다. 심지어 오늘은 봉투에 만원을 더 넣은 날이었다. 나는 거실 베란다의 창틀을 확인했다. 깨끗하게 닦여 있었다. 이번에는 침실 베란다로 통하는 샷시를 열어봤다. 구석에 한데 뭉쳐 있는 먼지들. 화가 났지만 일단은 내가 대충이라도 닦아야겠다 싶어 걸레를 가지러 다용도실로 들어갔다. 그때 다용도실에 걸려 있는 청소기가 눈에 들어왔다. 투명한 플라스틱 통 안에 회색 먼지가 가득 들어차 있었다. 아주머니는 원래 청소기를 돌리고 나면 그 안에 있는 먼지를 싹 비워놓고 가던 사람이었다. 모든 방의 휴지통을 비워 종량제 봉투에 모아 담은 뒤 아파트 단지의 쓰레기처리장에 내놓고 갔었고, 빈 휴지통에는 새 비닐봉지를 깔끔하게 끼워두곤 했었다. 나는 부엌으로 달려가 싱크대 옆 휴지통을 열어봤다. 쓰레기가 그대로였고 심지어 넘치기 직전이었다. 쓰레기 더미의 맨 위에는 빈 커피믹스 봉지와 편의점 로고가 찍힌 빵 포장지가 있었다. 내가 한번도 사본 적 없는 것들이었다.

그 후로 이주를, 아주머니께 마지막 기회를 드린다는 생각으로 기다렸다. 그녀가 그날의 일을 다 마치고 옷방으로 들어간 사이, 나는 거실 바닥에 엎드려서 거실장 밑으로 손을 깊숙이 넣어봤다. 새카만 먼지가 묻어 나왔다. 이제는 정말 바닥을 손걸레로 마무리하는지도 의문이었다.

화장실의 불을 켜고 들어갔다. 욕조와 세면대의 수도꼭지가 거울처럼 깨끗했다. 그런데 어딘가 이상했다. 세면대를 자세히 들여다봤다. 먼지와 물때가 그대로였다. 욕조 바닥은 손가락이 닿자마자 미끈거렸고 욕조의 가장자리를 따라 누런 때가 끼어 있었다. 한마디로 청소가 전혀 되어 있지 않았다. 그 와중에 수도꼭지만 빛나는 것이 황당했다. 시간이 없어서 이번 주는 화장실 청소를 못했다고 이야기하면 될 일이었다. 그런데 이 아주머니는 수도꼭지만 반짝반짝하게 닦아놔서 얼핏 보면 화장실 청소를 한 것처럼 보이게 해두었다. 더는 참기 힘들었다. 아주머니께 다음번부터는 오지 않아도 된다고 이야기하려고 마음먹었다. 몇주를 참고 참아왔던 말이었다.

화장실 밖으로 나가자 아주머니가 외투와 목도리를 팔에 걸쳐 들고 옷방에서 나오고 있었다. 내가 입을 떼려는 순간, 그녀가 먼저 입을 열었다.

"새댁, 나 다음 주부터 못 와요."

"그게 무슨 말씀이세요?"

그녀는 금요일에 격주가 아니라 매주 와달라는 집이 있어서 우리 집에는 더이상 못 오겠다고 했다. 분명히 아주머니를 그만두게 하려고 했었는데, 내 입에서는 왜인지 "저희 집도 매주 오셔도 돼요. 다음 주부터 매주 오세요"라는 말이 나오고 있었다. 그녀는 이미 업체와 이야기가 끝났다면서 심지어 지난주 금요일에는 이미 그 집에 첫 출근을 했다고 말했다. 우리 집에 마지막 출근을 하려고 그 집에 특별히 하루만 양해를 구하고 왔다는 것이었다.

"그리고 이런 얘긴 안 하려 그랬는데."

현관 바닥에 앉아 신발 끈을 묶던 아주머니가 머뭇거리더니 말을 이었다.

"점심시간 끼어 있으면 대충이라도 먹을 거는 주고 그래야 아줌마들이 좋아해. 새댁이 잘 몰라서 그러나본데."

그리고 바닥에 놓여 있던 외투와 목도리를 주섬주섬 주워 걸치며 덧붙였다.

"참, 아마 업체에서 전화가 갈 거예요. 연회비 내라고."

"갑자기 왜요?"

"거기서 물어보더라고. 이 집 계속 나가고 있냐고. 그래서 그렇다고 했지 뭐."

그리고 이어 말했다.

"내가 거짓말은 또 못하겠더라고. 주님 믿는 사람이라."

목도리를 코끝까지 둘러맨 그녀가 마지막 봉투를 챙겨 나갔다. 나는 닫힌 현관문을 바라보면서 왼쪽 손으로 오른쪽 손끝을 매만졌다. 욕조의 물때가 손가락에 남아 미끈거렸다. 다시 화장실로 들어가 물을 세차게 틀어놓고 손을 씻기 시작했다. 깨끗이 닦인 수도 꼭지의 둥근 표면에 얼굴이 비쳤다. 눈코입이 기이하게 늘어나 있었다.

---

* 제목은 조이스 캐럴 오츠의 소설집 『악몽』에 수록된 동명의 단편에서 가져왔다.

백한번째 이력서와
첫번째 출근길

마실까, 말까. 갈등한 지 십분째. 버스가 바로 왔다면 마시지 않고 그냥 탈 생각이었는데, 대체 왜 이렇게 안 오는 거야. 나는 정류장 뒤쪽의 까페 유리문을 다시 힐끗 쳐다봤다.

TAKE OUT 시 아메리카노 2,000원.

시폰 재질의 새 블라우스가 땀과 함께 등에 달라붙었다. 최고기온 삼십구도. 사상 초유의 폭염이라고 했다. 큐브 얼음이 가득 담긴 아이스 아메리카노 한모금을 빨대로 쭉 들이켜는 상상만으로도 체감온도가 벌써 이도쯤은 낮아진 것 같았다. 마실까, 말까.

새 회사로의 첫 출근길. 여러 회사에 다녀봤지만 유난히 긴장되는 이유는 정규직으로 출근하는 첫번째 직장이기 때문이다. 졸업 후 각기 다른 세개의 회사에서 인턴과 계약직으로 육개월, 육개월,

일년을 일했고 틈틈이 공채가 뜨면 셀 수 없이 많은 이력서와 자기소개서를 썼다. 지원한 회사로부터 메일이 도착했을 때, 반사적으로 드는 생각이 '제발 합격이었으면' 하는 바람이 아니라 '설마 합격이겠어?' 하는 자조가 되었을 즈음, 믿을 수 없게도 최종합격 메일을 받았다. 말로만 듣던 추합. 대기 1번으로 추가 합격한 것이었다. 이미 다른 합격자들은 오리엔테이션과 실무교육까지 다 끝난 시점이었지만 별로 중요한 문제는 아니었다. '중고신입'의 적응력이 무엇인지 보여주겠어, 하는 다짐뿐. 계약직으로 다니던 회사 사람들이 소식을 듣고 축하한다며 송별회도 크게 해줬다. 치킨집에서 고깔모자를 쓰고 아이스크림 케이크의 초를 불었다. 그때 누군가가 "자긴 싹싹해서 거기서도 사랑받고 잘할 거야"라는 말을 해줬고, 조금 울었다.

연봉도 많이 올랐다. 2,663만원. 그러면 이제 세후 월 201만원. 월세 50, 관리비 7, 공과금 10, 인터넷 1, 핸드폰 요금이랑 할부금 7, 남친은 없지만 혹시 모를 언젠가를 대비한 결혼자금용 적금 55, 그리고 이번에 취직 축하 겸 오랜만에 만난 학교 선배를 통해 가입한 환급형 보험과 실비보험이 12, 새 블라우스랑 구두, 치마, 바지 하나씩 해서 17, 마트에서 식재료랑 생활용품 이것저것 장 보면 7, 이렇게 쓰고 나면 남는 게 35. 앞으로는 교통비 포함 하루 만천원씩 쓰는 게 목표였다. 그런데 회사가 한남동이라 조금 걱정이었다. 구내식당이 따로 없어서 점심을 매번 사 먹어야 하는데, 한남동은 예쁘고 우아한 레스토랑이 많지만 대부분 비싸고, 부담 없이 먹을 수 있는 저렴한 밥집이 잘 없다는 이야기를 들어서였다. 어떻게든 하루 만천원은 지켜야 하는데……

큰일 났다. 겨땀이 나고 있어. 황급히 왼쪽 팔을 들어 겨드랑이를 확인했다. 엷은 민트색 블라우스가 어느새 짙은 초록색으로 동그랗게 젖어 있었다. 정류장의 전광판을 올려다보니 방금까지 오분 뒤 도착이라던 문구가 사라지고 갑자기 '도착 예정 버스 없음'이라고 떴다. 도저히 안 되겠다. 땀으로 샤워한 채로 첫 출근을 할 수는 없어. 나는 뒤돌아 잰걸음으로 까페로 향했다. 다섯걸음도 채 안 되는 거리였다. 찰랑, 하는 종소리와 함께 에어컨 바람이 온몸에 훅 끼쳐 왔다. 아, 살 것 같아. 나는 블라우스 앞자락을 살짝 집어 들고 시원한 공기가 잘 통하게 펄럭이며 말했다.

"아이스 아메리카노 한잔 주세요." 그리고 재빨리 덧붙였다. "아참, 테이크아웃이요."

"사천오백원입니다."

이게 무슨 소리야. 내가 되물었다.

"얼마요?"

"사천오백원이요."

"테이크아웃은 이천원이라고 밖에 쓰여 있던데……"

"아메리카노가 이천원이에요."

"저도 아메리카노 주문했는데요."

"손님은 아이스 아메리카노 주문하셨어요. 뜨거운 거로 바꿔드려요?"

아니, 지금 장난해? 나는 고개를 돌려 내가 들어왔던 유리문에 거꾸로 적혀 있는 글자를 다시 읽었다. TAKE OUT 시 아메리카노 2,000원. 그래, 어디에도 '아이스'라는 말은 없었다. 나는 억울한 마음이 되어 따져 물었다.

"여름이라서 당연히 아이스 아메리카노라고 생각했죠. 이 더운 여름에 뜨거운 아메리카노를, 그것도 테이크아웃 해서 먹는 사람이 어디 있겠어요?"

그러자 까페 사장이 웃으면서 말했다.

"손님이 잘 모르셔서 그래요. 제가, 커피를 이태리에서 배웠는데요. 거기서는 한여름에도 뜨거운 커피만 먹어요. 아이스커피가 뭔지도 모른다니까요. 원래 커피는 뜨거운 음료입니다."

이천원만 쓸 생각이었지, 사천오백원이었으면 애초에 들어올 생각조차 하지 않았을 거였다. 다시 나갈까. 하지만 유리문 밖 세상은 너무나 더워 보였고 저 땡볕에 아이스 아메리카노를 손에 쥐지 않은 채로 나갈 용기가 나지 않았다. 나는 하는 수 없이 대답했다.

"그냥 아이스로 주세요."

핸드폰으로 버스 도착 정보를 확인했다. 칠분 뒤 도착. 지금 타면 출근 시각에 충분히 맞춰 도착할 수 있다. 하지만 오늘은 첫 출근이기 때문에 정해진 출근 시간보다 훨씬 일찍 도착해서 앉아 있고 싶었다. 앞서 세번의 회사를 절대 허투루 다닌 게 아니었다. 처음 한달이 중요했다. 이때 일찍 출근해두면 그 이후부터는 아무리 늦게 와도 '원래 일찍 출근하는 앤데 오늘은 좀 늦네'가 되고, 초반

한달을 늦게 출근해버리면 그다음에는 아무리 일찍 와도 '원래 늦는 앤데 어쩐 일로 일찍 왔대?' 소리를 듣는다. 마침 빈 택시가 지나갔고 나는 과감히 손을 뻗었다.

"한남동이요."

택시에 올라타자마자 핸드폰으로 '이태리 아이스커피'라고 검색했다. 그러자 '이태리 사람들이 아이스커피를 안 마시는 이유', '여러분, 이태리에는 아이스커피가 없다는 사실을 아시나요?' 하는 글들이 주르륵 떴다. 나는 빨대로 아이스 아메리카노를 빨아올리며 생각했다. 뭐, 아주 없는 이야기는 아닌가보네. 방금까지는 까페의 상술에 화가 머리끝까지 났었는데, 막상 시원한 커피를 마시고, 택시에 등을 기대고, 땀도 식고…… 몸이 편해지니 마음도 누그러지면서 그다지 열 낼 일도 아니었다는 생각이 들었다.

택시가 남산터널을 지났다. 새까매진 차창에 내 얼굴이 비쳤다. 애써 드라이한 앞머리가 땀에 젖어 축 처져 있었다. 나는 가방에서 찍찍이 롤을 꺼내 앞머리를 돌돌 말아두었다. 그리고 앞니가 다 보이게끔 활짝 웃어보았다. 어제 채용 건강검진을 받으면서 옵션으로 스케일링을 받았다. 부끄럽지만 태어나서 처음 해본 것이었다. 전에 없던 새하얀 이가 반짝거렸다. 나는 개운해진 이가 너무 마음에 들어 터널을 지나는 내내 창문을 보며 이 — 이 — 하고 웃었다. 역시 정규직은 다르다. 채용 전 건강검진이란 걸 해보니 뭐랄까, 정말 존중받고 있다는 느낌이 들었다. 조금 오버하자면 나를 '영입'해준다는 느낌? 나를 '인재'로 대해준다는 느낌? 터널이 끝났고 뒤이어 저 멀리 왼쪽 편에 커다란 유리 건물이 보였다. 낮에는 구름 뜬 하늘이 비치고, 밤에는 격자무늬로 건물 전체를 휘감은 조명이 색색으로 반짝이는. 우리 회사가 입주해 있는 빌딩이었다. 나는 앞머리 롤을 풀어 다시 가방에 넣었다. 택시비는 팔천원이 나왔다.

건물의 입구에는 입주 회사의 명패가 나란히 걸려 있었다. 일층엔 재규어 매장, 이층엔 이탈리아 대사관, 그리고 삼층이 우리 회사였다. 괜히 기분이 좋아졌다. 출근을 하는 것일 뿐인데 왠지 한남동과 재규어와 이탈리아까지 내게 한결 가까워진 느낌.

자동 회전문이 일정한 속도로 빙글빙글 돌아가고 있었다. 문틈 사이로 공간이 잠시 생길 때마다, 건물 안의 서늘한 바람이 잠깐씩 새어나왔다. 커다란 문이 회전할 때마다 상기된 볼이 살짝 시원해졌다가 다시 달아오르기를 반복했다. 드디어 이 문의 안쪽으로 들어간다. 내가 앞으로 오래오래 다니게 될, 나의 회사. 이제 들어가기만 하면 되는데…… 어쩐지 회전문이 지나치게 빠르게 돌아가는 것처럼 느껴졌다. 발을 들여놓으려고 하면 어느새 칸막이가 코앞까지 다가왔다. 타이밍을 계속 놓쳤다. 이상해. 무서워. 갑자기 별별 두려움이 다 몰려들었다. 혹시 추합이라고 무시하면 어떡하지? 나이 많다고 괄시하면 어떡하지? 나 빼고 다 친해져 있어서 따돌림 당하면 어떡하지? 겨드랑이가 젖어 있다고 나가라고 하면 어떡하지? 건강검진에서 치명적인 질병이 발견됐다고 입사 취소되면 어떡하지?

그때 갑자기 갈색 털이 숭숭 난 커다란 손이 내 앞에 스윽, 나타났다. 손바닥이 위쪽을 향한 채였다. 손이 내려온 방향으로 고개를 돌려 쳐다보니 짙은 올리브색 눈동자의 조각 미남이 어깨와 눈썹을 동시에 으쓱, 올리면서 말했다.

"레이디 퍼스트."

"아…… 땡스."

잘생겼다. 이탈리아 대사관 직원인가봐. 나는 뜬금없는 에스코트를 받으며 회전문 안으로 발을 내디뎠다. 그 안에서 빙글, 돌면서 내년에는 처음으로 여름휴가라는 걸 쓸 수 있지 않을까? 상상했다. 오늘은 좀 망했지만, 내일부터는 오늘 몫까지 정말 아끼고 또 아껴서 십만원짜리 적금을 하나 더 부어야지. 그래서 내년 여름엔 이탈리아 여행을 가야지. 가서 이태리 사람들이 진짜로 뜨거운 커피만 마시는지 내가 볼 거야. 마침내 건물 안으로 들어섰다. 엄청나게 시원한 바람에 땀에 젖었던 앞머리가 순식간에 마르는 게 다 느껴졌다. 여태까지와는 차원이 다른 냉방이었다. 등줄기에는 이미 소름이 돋았고 블라우스도 다시 기분 좋게 펄럭였다. 나는 엘리베이터를 향해 똑바로 걸어가기 시작했다. 숄더백을 한번 추켜올리고, 한손에는 아이스 아메리카노를 든 채로. 새로 산 구두 굽 소리가 경쾌했다.

새벽의 방문자들

여자의 두 눈은 모텔을 찾고 있었다. 여자가 찾는 것은 '모텔'이었다. 혹은 '섹스'였다. '하룻밤' 또는 '원나잇'이었다. 그도 아니면 '모*텔'이나 '섹/스'였다. 모텔이나 섹스 혹은 그것을 에둘러 나타내는 단어와 문장과 문맥들이었다. 여자는 마우스 포인터를 '규제' 버튼 위로 가져가 클릭했다. 팝업창이 떴다. 욕설, 도배, 영리 목적, 개인정보 노출, 음란 성인광고로 나뉜 카테고리의 마지막 란에 체크하고 전송 버튼을 눌렀다. 하나의 섹스를 지우는 동안 또다시 수십개의 하룻밤과 원나잇과 모텔과 여대생과 환상적인 밤들이 생겨났다.

　포털 사이트의 관계사에서 근무하는 여자가 최근 맡게 된 일은 댓글 모니터링 업무였다. 게시물 규정에 어긋나는 댓글을 찾아내거나 이미 신고된 댓글들을 직접 확인하고 블라인드 처리하는 일이었다. 온라인상에 글을 쓸 수 있는 곳은 넘쳐났다. 입력창이 뚫려 있는 곳이면 어디든 누구든 배설하듯 글을 토해낼 수 있었다. 깜빡이는 커서가 들어갈 수 있는 구멍, 그곳에 되는대로 입력하고 엔터 키를 누르면 그대로 활자가, 단어가, 문장이 되었고 일초에도 수만 명의 사람들이 오가는 길목에 아무렇게나 나뒹굴며 노출되었다. 스스로 혹은 누군가 치우기 전까지 그 글은 어떤 형태든 어떤 내용이든 서버 어딘가에 화석처럼 박혀 썩지 않고 고이 남아 있을 것이었다. 여자는 그것들을 억지로 캐내고 남김없이 치워버려야 했다.

100% 여대생 만남 보장. 상상 그 이상의 섹*스! 만족하실 때까지 책임지겠습니다. 집이나 모/텔로 직접 보내드립니다. 최선의 가격에 최선을 다해 모시겠습니다. 3시간 5만원, 긴 밤 10만원, 횟수는 무제한! A급만 있으니까 골라 드세요. 육감적인 몸매에 어울리지 않는 베이비 페이스, 어떤 남성이든 리드 가능한 스타일…… 하는 문장들을 온종일 읽고 있노라면, 이른바 '클린센터'에서 일하고 있지만 여자의 기분은 '클린'보다는 '더티'에 가까워져갔다.

정해진 인력으로 나날이 늘어가는 규정 위반 댓글을 수동으로 지우는 것에는 한계가 있었다. 본사에서도 악성 댓글을 줄이기 위한 방책을 마련해왔다. 이를테면 같은 아이피 주소에서 특정 시간 동안 십회 이상의 호출이 오면 오분 동안 글 입력을 중지시킨다거나, 규정에 걸렸던 웹사이트 주소를 기억해뒀다가 원천적으로 차단한다거나, 아니면 입력 자체가 불가능한 블랙리스트 단어들을 계속 추가한다거나 하는 기술들을 개발했다. 하지만 성인광고 역시 그에 맞추어 끊임없이 진화해왔다. 웹사이트 주소는 바꾸면 그만이었고 금칙어 사이사이에는 특수문자를 끼워 넣어 교묘하게 피했다. 개발자들도 최선을 다해 스팸 방지 로직을 만들었고, 스패머도 최선을 다해 글을 올렸고, 여자도 최선을 다해 글을 지웠고, 업주들도 '최선을 다해 모시겠다'는 다짐을 했다. 이쪽과 저쪽이 모두 최선을 다하고 있었으므로, 달라지는 것은 없었다.

*

여자는 오피스텔 일층 로비에서 곧장 엘리베이터를 타지 않고 서성였다. 경비원의 책상 옆에 쌓여 있는 택배 상자 더미를 천천히 둘러봤다. 1204라는 숫자가 적혀 있을 상자를 찾고 있었다. 여자는 경비원이 택배 상자 위에 오피스텔 호수를 매직으로 크게 써놓는 것이 늘 불만이었다. 쉽게 찾을 수 있어서 편하다는 장점도 있긴 했지만 자신의 거주지가 그만큼 커다랗게, 쉽게 타인에게 드러나는 것 같아 불쾌했다. 여자는 숫자가 적힌 부분이 바닥을 향하게 상자를 거꾸로 들고 엘리베이터에 올랐다.

양손으로 택배 상자를 든 채로 현관문을 연 여자가 두 발을 차례로 털었다. 한짝씩 벗겨진 신발이 현관 타일 위에 제각기 내팽개쳐졌다. 팔꿈치로는 조명 스위치를 눌렀다. 미처 불이 다 켜지기도 전, 빈방을 채운 어둠 속에서 제멋대로 돌아다니고 있던 바퀴벌레들이 사라지는 게 느껴졌다. 오피스텔의 형광등은 한번에 켜지지 않고 서너번 깜빡인 끝에 완전히 켜졌다. 최초로 깜빡이는 순간, 온 방 안은 마치 점박이 무늬 벽지를 바른 듯 바퀴벌레로 가득 차 있다. 두번째 깜빡일 때는 참깨를 쏟아놓은 것처럼 온 바닥에 수천마리가 깔렸다. 세번째에는 백마리, 그다음 열마리, 그리고 마침내 불이 다 켜지면, 아무것도 없었다.

두 눈으로 직접 확인한 것은 아니었지만 여자는 직감으로 알 수 있었다. 싱크대 밑, 신발장 아래, 옷장 뒤에서 태연히 숨죽이고 있을 바퀴벌레들을. 그리고 바퀴벌레가 언제 있었냐는 듯 모른 척하고 있는 이 좁은 방의 거짓말을. 미처 돌아가지 못한 바퀴벌레 두마리가 현관 한복판에 멈춰서서 더듬이를 천천히 움직였다. 티끌만 한 새끼 바퀴였다. 여자는 택배 상자를 내려놓은 뒤에 슬리퍼를 집어 들었다. 그리고 이내 그것으로 바닥을 내리쳐서 두마리를 한꺼번에 눌러 죽였다. 손끝으로 미세한 이물감이 전해지면서 팔뚝에 소름이 돋았다. 여자는 자신이 이 방에서 함께 서식하고 있는 바퀴벌레들 중에 딱 이 두마리만큼의 성인광고를 지우고 왔을 것이라고 생각했다. 그것도 제일 약하고 작은 놈으로.

여자가 이곳 더블타워 오피스텔로 이사 온 지는 한달이 채 되지 않았다. 지은 지 삼십년이 다 되어가는 낡은 건물이었다. 십오층짜리 건물 두동의 오피스텔을 길 건너에서 바라보면 A동에는 '더블', B동에는 '타워'라는 글자가 한글, 그것도 조악한 궁서체로 건물 꼭대기에 커다랗게 양각되어 있었다. 이 오피스텔은 애초에 거주용

보다는 사무용으로 지은 건물인 듯했다. 그래서 그런지 마음에 들지 않는 구석이 많았다. 거주 목적으로 입주한 사람들을 위해 바닥에 원목마루 무늬의 장판을 깔아놓기는 했지만, 기다란 형광등이 달린 석고보드 재질의 천장을 보면 원래는 '텔'이 아닌 '오피스'였다는 사실을 알 수 있었다. 침대에 누워서 실지렁이 같은 무늬가 반복적으로 그려진 천장을 바라보고 있으면 집다운 안락함이 느껴지지 않았다. 여자는 은은한 빛을 내는 스탠드 조명을 주문해두었다. 형광등은 꺼둔 채로 노란 불빛의 스탠드 조명만 켜고 있으면 석고보드 천장이 덜 신경 쓰일 것 같아서였다. 천장보다 더 못마땅한 것은 화장실의 문짝이었다. 오래된 문의 아래쪽에는 지저분한 물때가 끼어 있었고, 공중화장실의 문짝처럼 문의 위이레가 뚫려 있어서 마치 오피스텔 전체가 화장실의 연속인 것만 같은 느낌이었다.

여자는 급하게 이사 왔다. 이전에 살던 방의 계약기간이 끝났는데 재계약을 하지 못한 탓이었다. 집주인이 올려달라고 한 보증금 액수도 부담스러웠고, 결혼을 염두에 두다 헤어진 남자와의 기억을 빨리 정리하기 위해서는 변화가 필요하다는 생각도 한몫했다. 그 남자, 김은 굴지의 대기업 본사에 근무하고 있었다. 곧 서른을 앞두고 있는 여자를 제법 어리다고 생각할 정도로 나이가 많다는 점을 제외하면, 여러모로 괜찮은 남자였다. 유복한 가정에서 자라 구김 없는 성품에, 부족하지도 넘치지도 않는 유머 감각. 그리 빼어난 외모는 아니지만 특별히 흠잡을 만한 단점도 없는 멀쩡한 체격과 무난한 얼굴. 여자는 이 '무난하다'는 평균의 가치가 역설적으로 얼마나 희소한 것인지를 해가 지날수록 체감하고 있었다. 여자의 친구들은 모든 면에서 모나지 않고 안정적인 김을 소개받은 여자를 부러워했다. 물론 여자도 그런 김이 마음에 들었다. 결혼하게 되면 부모가 자신의 명의로 마련해둔 삼십평대 아파트에 들어가 살게 될 거라는 이야기를 할 때나 금요일 퇴근 시간에 회사 주차장에서 가장 좋은 차를 대놓고 기다리고 있을 때만 그런 것은 결코 아니었다. 퇴근 후에 단골 와인 바에서 만나 회사에서 있었던 사소한 일들을 다정한 눈빛으로 들어줄 때도, 통화 중에 아이스크림이 먹고 싶다고 흘려 말했는데 어느새 집 앞에 커다란 아이스크림을 한통 사 들고 와 있을 때도, 여자는 분명 김을 사랑한다고 느꼈다.

다만 그와의 결혼을 미루고 피하다 결국 헤어지게 된 것은 그런 장점들로는 설명이 잘 되지 않는, 아직까지도 납득하기 어려운 이유였다. 누구에게도 명쾌하게 설명할 수 없었고 누군가 이해해주길 바라지도 않았다. 군이 표현하자면 김과 함께 있으면 어딘가 맞지 않는 옷을 입고 있는 것처럼 갑갑한 기분이 들어서였다. 단지 그런 모호한 이유로 김과의 결혼을 포기한 여자를 두고 주변 사람들은 미쳤다고 했고 굴러들어온 복을 차버렸다고도 했다. 네 주제에,라는 말도 들었다. 여자는 그런 말들을 흘려보낼 정도로 덤덤하지는 못했다. 왜 결국 그런 선택을 해야 했는지 스스로도 이해할 수 없었고 남들이 미쳤다고 할 때마다 내가 정말 미친 짓을 한 거면 어쩌지,라는 생각에 초조해한 적도 있었다. 그래봤자 다 지난 일이었다. 여자는 김과 완전히 헤어졌다. 어차피 긴 연애도 아니었다.

여자는 외투를 벗지도 않은 채로 침대에 몸을 던지듯 누웠다. 눈을 감았다. 후회가 두려울 때마다 김과의 섹스를 의식적으로 떠올렸다. 그러면 어느 정도 불안감이 해소되면서 자신의 선택을 긍정할 수 있었다. 김은 인상적이지 못했다. 삽입 직전까지 이어지던, 여자의 신체 부위 하나하나에 대한 구구절절하고도 애절한 찬사가 무색할 정도로 그 이후부터는 아무런 감흥도 남기지 못하는 타입이었다. 무미건조하고 지루하게 넘어야 했던 김과의 섹스를 떠올리면 자잘한 자책의 파편들을 어느 정도 묻어둘 수 있었다.

천천히 눈을 떴다. 천장의 거무스름한 얼룩이 눈에 들어왔다. 직장에서 멀지 않고 가장 저렴한 곳을 찾아 허둥지둥 계약하느라 입주하고 나서야 발견한 것이었다. 여자는 얼룩 위에 시트지를 붙여야 할지 고민하면서 그것을 한참 동안 바라보고 있었다.

딩동.

느닷없이 초인종이 울렸다. 여자는 무언가 잘못한 게 있는 사람처럼 움찔했다. 이 집에 초인종이 달려 있다는 사실이 새삼스럽게 느껴졌다. 혼자 사는데다, 아침 일찍 나가 밤늦게 들어오기 때문에 초인종 소리를 듣는 일은 좀처럼 없었다. 게다가 이 집에 이사 온 뒤로는 처음이었다. 여자는 이 오피스텔의 초인종에서 어떤 소리가 나는지 그제야 알게 된 느낌이었다. 인터넷 쇼핑몰에서 주문한 스탠드 조명이 오늘 도착하기로 되어 있었다는 사실을 떠올렸다. 주문할 때 경비실에 맡겨놓으라는 설명을 입력해두어도 집까지 찾아와 초인종을 누르는 배달원이 예전 집에서도 간혹 있었다.

초인종은 일정한 간격을 두고 계속 울렸다. 여자는 손에 쥐고 있던 휴대폰을 무음으로 바꾸었다. 발뒤꿈치를 살짝 들고 일어나 방 안을 두리번거렸다. 열평이 채 안 되는 오피스텔에 숨을 곳은 없었다. 여자는 다시 침대 위에 누웠다. 이번에는 이불을 머리끝까지 뒤집어썼다. 발가락 하나조차도 나오지 않게 이불 속에 파묻었다. 딩동. 딩동. 초인종이 몇번 더 울리더니 그쳤다. 여자는 배달원의 발걸음이 1204호로부터 멀어지는 소리, 엘리베이터가 올라왔다가 배달원을 태우고 다시 내려가는 소리를 조용히 더듬었다. 쥐고 있던 휴대폰 화면이 켜졌다. 집에 아무도 없어서 택배를 경비실에 맡긴다는 메시지였다. 그 순간 여자는 자신이 숨까지 참고 있었다는 사실을 깨달았다. 이불을 걷고 일어나면서 크게 한숨 내뱉었다. 혼자 살면서부터 생긴 버릇이었다. 여자 혼자 사는 집이 알려져봤자 좋을 게 없다는 생각에서였다. 1204호에 이십대 후반의 여자가 혼자 살고 있다는 사실을 누구에게도 알리고 싶지 않았다. 현관문에 달린 렌즈를 통해 밖을 내다보았다. 아무도 없었다. 여자는 그제야 다시 일상으로 돌아올 수 있었다.

*

이사 후에 그대로 내버려두었던 옷장 정리를 더는 미룰 수 없겠다고, 여자는 생각했다. 날씨가 쌀쌀해진 지도 꽤 됐는데 옷장에는 민소매 티셔츠가 모직 코트와 함께 뒹굴었고 그마저도 이사할 때 불렀던 용달업체 직원들이 함부로 박스에 처박아놓은 상태 그대로였다. 여자는 옷장을 비워내고 방바닥에 옷을 모두 쌓아두었다. 그리고 옷 더미에서 옷을 하나씩 집어 들고 정리하기 시작했다. 철지나 다시 입을 것 같지 않은 옷은 박스 안에, 여름옷은 서랍 안에, 자주 입는 겉옷은 위쪽, 손이 잘 가지 않는 옷들은 아래쪽 옷걸이에 걸었다. 정리를 모두 마치고 나니 새벽 세시가 훌쩍 넘어 있었다. 그때였다.

딩동.

초인종이 또다시 울렸다. 여자는 귀를 의심했다. 자신이 들은 소리가 현실인지 아닌지 구분하지 못해 당황했다. 딩동. 한번 더 울리자 그제야 서늘한 공기가 여자의 심장을 훑고 지나갔다. 여자를 찾아올 사람도 없었고, 이사했다는 사실을 아는 사람조차 없었다. 더 남은 택배도 없었다. 무엇보다, 새벽 세시였다. 이 시간에 초인종이 울릴 이유가 없었다. 여자는 자신이 아무것도 예측할 수 없는 상황에 놓였다는 불안감에 휩싸였다. 그것은 불이 켜지기 직전, 바퀴벌레로 꽉 찬 방을 상상하는 일처럼 소름 끼치는 두려움이었다.

여자는 조심스럽게 현관 쪽으로 다가가 문에 달린 렌즈를 들여다봤다. 처음 보는 젊은 남자가 차가운 어둠 속에서 붉은빛이 도는 복도의 조명을 받고 서 있었다. 차림새가 예상 밖으로 단정했다. 무채색의 정장 차림이었고 푸른색의 타이를 맸다. 블레이저 위에는 무릎까지 오는 트렌치코트를 덧입었다. 굵은 스트랩의 가방을 어깨에 메고 있었는데, 노트북의 브랜드 로고가 쓰여 있는 것을 어렴풋이 알아볼 수 있었다. 누가 봐도 평범한 회사원의 행색이었다. 이 남자가 새벽 세시에 남의 집 초인종을 눌렀다. 그리고 한번 더, 두번 더, 계속. 남자는 손을 뻗어 벨을 누른 다음, 뒷짐을 지고 복도의 양 끝을 두리번거리길 반복했다. 나중엔 뒤꿈치까지 달싹였다.

겁에 질린 것은 여자만이 아닌 것 같았다. 남자 역시 무언가 기대에 어긋났다는 듯 당황하고 있었다. 수상한 행색의 괴한도 아니고, 알던 얼굴도 아니고, 새벽 세시니까 여자에게 용건이 있어 온 사람은 더더욱 아닐 것이었다. 여자는 이 남자가 목적지를 잘못 찾아온 행위에 불과하다고 판단했다. 그가 빨리 자신의 집이든 원래 목적지든 제자리로 돌아가길 바랐다. 한밤의 불청객이 돌아가고 다시 고요한 침묵, 자신의 존재가 수백개가 넘는 작은 방들 속에서 그저 무심히 잊히는 일상이 오길 바랐다. 남자는 초인종 누르기를 멈추더니 이번에는 바깥쪽 문고리에 걸린 우유 배달 바구니의 뚜껑을 열고 그 안을 살피기 시작했다. 조명이 꺼졌다. 복도의 조명은 일정 시간이 지나면 꺼지고 움직임이 감지되면 켜지는 자동이었다. 아무것도 보이지 않았다. 여자가 침을 삼켰다. 그 순간 붉은 조명이 다시 켜졌다.

삑. 삐삐삐삑…… 삑. 삐삐삐삑. 삑……

남자가 비밀번호 키를 마구 눌러대기 시작했다. 여자의 머릿속에서 무언가가 툭, 끊어져버리는 듯한 감각이 일었다. 삐삐삑…… 삑…… 제발…… 삑…… 그러지 마세요…… 삐삐삑…… 대체……

삑삑…… 저한테 왜 이러시는 거예요…… 여자는 속으로 거의 울 지경이 되어 호소했다. 뉴스에서 봤던 온갖 종류의 범죄들이 눈앞에 스쳐 지나갔다. 문밖의 남자가 번호 키를 누르는 손놀림이 빨라질수록 터질 듯한 요의가 밀려왔다. 여자는 자신의 키보다 낮게 달린 현관문의 렌즈를 들여다보고 있느라 엉덩이를 쭉 뺀 엉거주춤한 자세로 문고리를 붙들고 있었다. 번호 키만 잠그고 문고리에 달린 걸쇠는 잠그지 않은 상태였다. 비밀번호를 쉽게 맞출 수는 없겠지만, 남자의 손놀림이 거침없어서 여자는 남자가 문을 벌컥 열어버릴 것만 같은 공포에 사로잡혔다. 왜 전부 다 잠가두지 않았을까, 후회스러웠다. 여자는 문고리의 걸쇠를 엄지와 검지로 꼬집듯이 세게 잡았다. 최대한 힘을 주어 위쪽으로 천천히 부드럽게 돌리기 시작했다. 남자는 번호 키를 계속 눌러대고 있었다. 삐삐삐삑…… 삑. 삑삑…… 침착하자…… 천천히…… 천천히…… 삑삑삑…… 천천히…… 삐삐삐삑.

철컥.

걸쇠가 걸리며 문이 잠기는 차가운 쇳소리가 복도에 울려 퍼졌다. 남자가 고개를 들었다. 번호 키를 누르는 소리가 멈췄다. 남자와 눈이 마주쳤다. 여자의 머리카락이 곤두섰다. 마치 남자가 자신을 쳐다보고 있는 것만 같았다. 아니야, 저 사람한테 내가 보일 리 없어. 아무리 되뇌어봐도 소용이 없었다. 눈동자보다도 작은 렌즈가 커다란 유리문이 된 것 같은 기분이었다. 문밖의 남자가 자신을 훤히 들여다보고 있는 것처럼 느꼈다. 그는 뭔가 발견했다는 듯 점점 가까이 다가왔다. 동그랗게 뚫려 있는 여자의 시야에 남자의 상반신이, 어깨가, 얼굴이…… 그리고 마침내 새까만 눈동자가 가득 들어왔다. 남자가, 렌즈를 빤히 들여다보고 있었다.

문 하나를 사이에 두고 두 사람이 얼굴을 맞대고 있었다. 여자는 남자의 속눈썹이 자신의 눈에 닿은 것처럼 느꼈다. 문밖의 남자가 내쉬고 있을 콧바람이 여자의 인중에 뜨뜻하게 끼쳐 오는 것만 같았다. 너무 빨라서 박자조차 잊은 듯한 심장박동 소리가 또렷하게 들렸다. 그 소리가 문밖의 남자에게 전해질까봐 아랫입술을 깨물었다. 여자가 잡고 있는 동그란 문고리는 땀으로 흥건했고, 더 잡고 있다가는 녹아 없어질 것 같았다. 남자는 눈동자를 이리저리 굴려보더니 몇번을 더 깜빡인 뒤 렌즈로부터 얼굴을 뗐다. 그리고 휴대폰을 꺼내서 만지작거렸다. 전화를 걸지는 않았고 이내 여자의 시야 바깥으로 사라졌다. 구둣발 소리가 점점 멀어졌고 엘리베이터가 내려가는 소리가 들렸다. 그 소리는 최면술처럼 한껏 수축했던 온몸의 세포를 풀어지게 했다. 긴장감이 풀리자 이상할 정도로 졸음이 밀려왔다.

*

요란하게 울려대는 알람 소리에 눈을 떴다. 여자는 어제, 아니 오늘 새벽의 일에 대해 생각했다. 현관문을 사이에 둔 모르는 남자와의 대면을 되짚었다. 여자는 잠옷을 입은 채로 밖으로 나가봤다. 그리고 복도에 서서 현관문을 닫았다. 신호음과 함께 자동으로 문이 잠겼다. 어제 그 남자처럼 초인종도 눌러보고 우유 바구니도 열어봤다. 우유 한팩, 요구르트 한병이 들어 있을 뿐, 남자가 남기고 간 흔적은 없었다. 요구르트를 하나 뜯어 마시면서 현관문의 렌즈를 통해 오피스텔 안을 들여다봤다. 여자가 우려했던 바와는 달리 밖에서는 렌즈를 통해 안을 들여다볼 수 없었다. 흐릿한 빛과 어둠의 구별만 어렴풋이 가능했다.

그저 목적지를 잘못 찾은 행인이라고 생각하니 일단 안심은 되었다. 그러나 아직 명쾌히 설명되지 않는 부분들이 많았다. 우선, 남자가 자신이 일하던 사무실을 찾아온 것이라고 가정해봤다. 야근을 하러 왔다고 하기에는 애매한 시간이었다. 게디기 사무실로 사용되는 오피스텔의 경우, 현관문에 명패를 달아놓는 경우가 많다. 무엇보다 자신이 일하던 사무실이라면 처음부터 문을 열고 들어오면 될 일이었다. 자신의 집을 잘못 찾은 건 더더욱 아닐 터였다. 초인종을 누를 이유가 없었다. 그렇다면 지인의 집을 잘못 찾아온 걸까. 하지만 들르기로 했던 곳의 집주인이 문을 열어주지 않으면 그에게 전화를 걸거나 자신이 누구인지 밝히면서 열어달라고 말하는 것이 자연스러웠다. 남자는 집요하게 초인종을 누르고 번호 키를 누르면서도 그렇게 하지 않았다.

이런저런 가능성을 가늠한 끝에 그것이 꿈이 아닐까 하는 생각마저 들었다. 낯선 남자의 방문에 대해 떠올리면 떠올릴수록 현실에서 벌어진 일 같지 않고 기억이 뿌옇게 흐려져만 갔다. 하지만 렌즈를 사이에 두고 다가오던 그의 새까만 눈동자, 당신의 내부를 다 들여다보겠노라는 의지 같은 게 서려 있던 그 눈빛은 좀처럼 잊히지 않았다. 여자는 방 안으로 다시 들어왔다. 침대에 모로 누워 현관문을 노려봤다. 그러고는 다시 벌떡 일어나 먹다 남은 요구르트 뚜껑에 붙어 있던 동그란 스티커를 떼어 렌즈 위에 붙여버렸다.

*

주말 동안 여자는 새벽의 방문자와 초인종 소리에 대해서는 잊어버렸다. 토요일에는 의식적으로 잊으려 노력했고, 일요일이 지나고 월요일이 되자 바쁜 업무 때문에 그 생각을 할 겨를도 없어졌다. 새로운 스팸 방지 기술을 적용했지만 그 수는 그다지 줄어든 것 같지 않았다. 여자는 평소보다 더 빠른 손놀림으로 댓글을 처리했다. 매번 달라지는 자극적인 문구에 역겨워하면서도, 한편으로는 블랙리스트에 넣어둔 단어를 피해 어떻게든 원하는 내용을 써내는 스패머들의 꼼수에 기가 막혀 감탄하기도 했다.

마우스를 움직이던 여자의 손목이 멈칫했다. 규제 버튼을 누르려던 검지에 힘을 빼고 지우려던 댓글을 다시 한번 읽었다.

여대생 오피＊스텔 24시 항시 대기. 최고의 품질로 모시겠습니다. 애인처럼 단둘이 편안하게 즐기세요.

애써 모른 척 구겨 넣었던 기억이 다시 빳빳하게 펼쳐졌다. 깜깜하던 방 안에 조명을 탁, 하고 켠 것처럼 이전에는 미처 보이지 않던 것들이 눈에 들어왔다. 며칠 전 그 남자는 오피스텔 성매매를 하러 온 것이다. 이렇게 가정하자 이전까지 설명되지 않던 모든 것들이 이해되기 시작했다. 남자는 동을 착각한 것이 분명했다. 더블타워 오피스텔은 입구만 다를 뿐, 두 동의 외형과 구조가 같았다. 처음 이사 왔을 때, 여자도 A동과 B동을 헷갈려서 잘못 들어간 적이 있었다. 입구에 평소와는 다른 경비원이 앉아 있어서 황급히 나오기는 했지만, 외부인이라면 충분히 착각할 법한 구조였다. 여자가 사는 곳은 A동 1204호. B동 1204호에서 오피스텔 성매매 영업을 하고 있을지도 모른다. 마지막 퍼즐 한조각을 주운 기분이었다.

그날 퇴근길 지하철역 입구에서 바닥에 흩뿌려져 있는 노란색 전단 수십장을 발견했다. 전단에는 롤링스톤스의 상징인 붉고 통통한 혓바닥 모양의 일러스트가 그려져 있었다. 워낙 유명해서 패션 아이템에도 자주 사용되는 로고였다. 여자도 혓바닥이 프린트된 후드 티셔츠가 있었다. 허리를 숙여 그중 한장을 집어 들었다. 여자의 미간이 찌푸려졌다. 일러스트 옆에 쓰여 있는 문구 때문이었다.

입싸방. 미녀 항시 대기. 최고의 서비스.

여자는 입싸방, 하고 두어번 발음해봤다. 규제를 피하려고 유사 성행위를 하는 변종 성매매 업소일 것이다. 김을 소개받기 전, 팔년간 만났던 정이 떠올랐다. 여자의 이십대를 모두 바쳤다고 해도 이상하지 않을 정도로 오래, 그리고 깊게 만났던 사이였다. 그는 유행하는 성매매의 종류에 대해 해박한 정보를 가지고 있었다. 언젠가 함께 모텔에서 나오던 길에 정이 바닥에서 키스방 전단을 주워

들고는 자신만만하게 설명해주던 순간을, 여자는 아직도 기억하고 있었다.

정에 의하면, 키스방은 말 그대로 키스만 하는 방이라고 했다. 2차를 가려면 추가 요금을 내야 하는데 그냥 해달라고 조른 끝에 억지로 성관계를 하고 나와서는 서비스를 받았다며 자랑하는 친구들도 많다는 것이었다. 여자는 곧바로 구역질이 났다. 하지만 악취에 미간을 찌푸리면서도 다시 한번 그것을 맡아보고 싶은 것과 비슷한 마음이 들었다. 여자는 메스꺼움을 참으면서 이것저것 더 물어보기 시작했다. 뭐든 아는 체하며 설명하기 좋아하던 정은 성매매의 수위나 방식에 대해, 물다방이니 대딸방이니 풀살롱이니 미러룸이니 하는 이름도 다양한 업소들에 대해 왠지 신이 나서 떠들어댔다. 정의 회사 선배는 점심시간에도 성매매를 한다고 했다. 점심에는 요금이 싸서 '해피아워'라고 불리는데, 그 선배가 해피아워를 다녀오는 데는 왕복 삼십분도 걸리지 않는다는 말도 덧붙였다. 다 듣고 난 여자는 정에게 그런 것을 어떻게 그렇게 잘 아느냐고 추궁했다. 정은 상사나 친구들의 경험담을 주워들은 거라면서 자신이 직접 가봤으면 이렇게 말할 리가 있겠냐고 억울한 듯 호소했다. 여자는 그 말을 전부 다 믿지는 않았다.

여자는 손에 들고 있던 노란색 전단을 여러번 찢어 바닥에 흩뿌렸다. 깔려 있던 다른 전단의 혓바닥 위로 찢어진 종잇조각들이 내려앉았다.

*

  또다시 초인종이 울렸다. 이번에는 자정이었다. 방문자의 정체를 알고 나니 이전만큼 두렵지가 않았다. 현관문에 붙여두었던 스티커를 떼어내고 렌즈를 들여다봤다. 두번째 방문자를 확인하고 여자는 더 확신했다. 검은 뿔테 안경에 카키색 후드집업을 입은 남자는 첫번째 남자와 옷차림은 달랐지만 비슷한 행동을 했다. 남자의 정수리에 복도의 붉은 조명이 내리꽂혔다. 그 역시 초조하게 곁눈질하며 초인종을 눌러댔다. 이따금 휴대폰을 들여다보기만 할 뿐, 어딘가로 전화를 걸지 않는 것도 똑같았다. 여자는 또다시 문밖에 낯선 남자를 둔 것이 다소 두려웠지만, 동시에 묘한 우월감을 느끼기도 했다. 돈 내고 하러 오는 남자들은 이렇게 생겼구나. 이런 얼굴, 이런 표정을 하고 있구나. 그런 생각들을 하면서.

  두번째 남자의 방문 이후 여자는 잠금장치를 두개 더 달았다. 고장 나 있던 비디오폰도 수리해두었다. 더는 렌즈를 사이에 두고 이들과 대면하고 싶지 않았다. 불법을 저지르는 것은 저들인데 안에 있는 자신이 죄지은 사람처럼 현관문 앞에 엉거주춤 서서 마음을 졸이는 것이 억울해서였다.

  새벽의 방문자들은 잊을 만하면 한번씩 찾아왔다. 여자는 초인종이 울릴 때마다 비디오폰에 달린 모니터로 남자들을 관찰했다. 그들은 모두 약속이나 한 듯 비슷한 표정을 짓고 있었다. 별일 아니라고 주문을 거는 듯한 태연함, 남에게 들키기 싫은 일을 할 때

182

의 부끄러움, 돌연 술이 확 깨면서 자기 자신을 돌아보는 순간의 주저함, 그러면서도 어쨌든 곧 벌어지게 될 눈먼 섹스에 대한 설렘 등이 복합적으로 섞여 있는 얼굴들. 머뭇거리는 그들의 얼굴이 비디오폰의 카메라에 정면으로 잡히는 순간, 여자는 휴대폰 카메라로 모니터를 촬영했다. 그들이 포기하고 발걸음을 돌리고 나면 찍어둔 사진을 프린트했다.

여자는 침대와 옷장 사이의 공간에 프린트한 사진을 나란히 붙여두었다. 여백에는 간략한 인상을 남겼다. 그러자 처음의 두려움이 많이 옅어졌다.

10월 2일 11:39 / M자 이마. 턱수염. 하얀 피부

11월 13일 00:21 / 까무잡잡. 짙은 쌍꺼풀. 주걱턱

12월 6일 01:17 / 그냥 추남

한동안 뜸하던 초인종이 다시 울린 그날은 조금 이른 시간이었다. 자정이 되기 전이었고 회사에서 미처 못 마친 연말 결산보고서를 작성하는 중이었다. 오랜만이긴 했지만 딱히 놀라지는 않았다. 이제 여자는 초인종 소리만 듣고도 방문자가 택배 배달원인지, 성매수 남성인지 구분할 수 있었다. 후자는 비디오폰으로 관찰하고 수집해온 그들의 일관된 표정만큼이나 딩동, 하는 짧은 초인종 소리에도 특유의 천함이 묻어났다.

불이 들어온 비디오폰의 모니터를 쳐다보던 여자가 무언가를 발

견한 듯 갑자기 의자를 박차고 일어났다. 넋 나간 사람처럼 모니
터를 응시하며 비디오폰 가까이 한걸음씩 주저하며 다가갔다. 남
자가 서 있었다. 짙은 남색의 블레이저에 정갈한 스트라이프 타이,
눈썹을 덮은 반곱슬머리, 각진 턱 그리고 익숙한 얼굴. 헤어진 김
이 분명했다. 여자는 혼란스러웠다. 여기로 이사 온 걸 어떻게 알았
지? 모니터를 한참이나 들여다봤다. 벽에 붙어 있는 사진 속 남자
들과 같은 얼굴, 바로 그 표정이었다. 여자는 김이 자신을 찾아온
것이 아니라는 사실을 깨달았다.

아는 얼굴을 보게 되는 상상을 해보지 않은 것은 아니었다. 하지
만 그때 떠올렸던 얼굴은 온갖 성매매 업소에 대해 해박한 지식을
늘어놓던 정이었지, 김은 아니었다. 헤어진 후 언젠가 김의 얼굴을
다시 마주하게 될지 모른다고 생각한 적도 있었지만, 이렇게 비디
오폰의 모니터를 통해 보게 될 것이라고는 상상도 하지 못했다.

김과의 어느 하루가 떠올랐다. 여자는 그날 김이 운전하는 차의
조수석에 앉아 들었던 그의 상기된 목소리를 떠올렸다. 예식을 치
를 호텔의 길고 웅장한 버진 로드, 신혼살림을 차리게 될 아파트의
최근 시세, 결혼만 하면 너의 그 보잘것없는 직장을 그만두게 해줄
것이라는 약속, 일년 뒤에는 아들 그리고 이년 뒤에는 딸을 갖자는
혼자만의 계획 같은 것들을. 그리고 고개를 왼쪽으로 돌리면 나타
나는, 여자가 당연히 감복해 마지않을 것이라 믿고 있어 자연스럽
고 편안한 표정까지도.

여자는 자신도 모르게 비디오폰의 수화기를 들었다. 신경을 날카

롭게 긁는 하울링 소리가 복도를 가로질렀다. 김이 당황한 듯 카메라를 직시했다. 안에 누군가 있다는 사실을 알아차린 그가 문을 쿵쿵 두드리기 시작했다. 한번 두드리고 뒤를 힐끔 돌아보더니 또 한번 두드리고 돌아봤다. 멍청아, 여기가 아니라 B동이야. 자기가 잘못 생각했을지도 모른다는 의심은 하지 않는 성격. 그는 여전했다.

여자는 김의 얼굴을 프린트했다. 침대와 옷장 사이 벽면에 그의 사진이 붙었다. 뭐라도 적으려 펜을 든 여자는 끝내 그것을 바닥에 던져버렸다. 펜대와 뚜껑이 분리되어 바닥에 굴러다녔다. 나와 만나는 중에도 다녔을까. 오늘이 처음일 수도 있지 않을까. 아냐, 그럴 리는 없겠지. 그렇다면 언제부터였을까. 그동안 나한테 병이라도 옮긴 것은 아닐까. 술을 마셔서, 홧김에 온 것은 아닐까. 결혼하자더니, 내 생각은 할까. 긍정과 부정을 수없이 오가면서 내린 결론은 이 의미없는 질문의 반복을 끝내야 한다는 것이었다. 여자는 입고 있던 트레이닝복 위에 코트를 대충 걸치고 엘리베이터에 올랐다. 목적지는 B동 1204호였다.

*

옆 동은 생각보다 더 가까웠다. 오분도 채 걸리지 않는 거리였다. 초인종을 누르자 처음 낯선 남자를 문 앞에 두었을 때처럼 심장이 요동치기 시작했다. 어떻게 생겼을까. 가슴을 다 드러낸 슬립 원피스를 입고 있지는 않을까. 야릇한 붉은 조명 같은 걸 켜놨겠지. 김이 이미 들어가 있으면 어쩌지. 무서운 여자일 수도 있잖아. 날 때리면 어떡하지. 만약에 왜 왔느냐고 물어본다면, 대체 뭐라고 대답해야 할까. 아무것도 정하지 않은 채 무작정 초인종을 눌렀다. 지난 몇달간 자신을 괴롭혀온 원인인 그녀의 모습이 궁금해서 미쳐버릴 지경이었다.

B동 1204호에서 그녀의 목소리가 들려오기 시작했다. 누구세요? 여자는 덜컥 겁이 나 아무 대답도 하지 못했다. 안쪽의 그녀가 다시 한번 신경질적인 목소리로 물었다. 누구시냐고요. 여자는 그제야 기어들어가는 목소리로 말했다. 저, 옆 동에서 왔는데요. 그리고 더는 말을 잇지 못했다. 현관문을 사이에 두고 무겁고 긴 침묵만이 감돌았다. 여자는 오피스텔 안쪽에서 들려온 목소리를 듣자마자 알 수 있었다. B동의 그녀 역시 현관문 바로 앞에 서서 렌즈를 들여다보고 있다는 것을. 목소리는 아주 가까운 곳에서 들려온 것이 분명했고, 경계심으로 가득했다. 숨 막히는 정적이 이어졌다. 밖에서 바라본 동그란 렌즈가 칠흑빛으로 새카맸다. 렌즈로 막혀 있는 것이 아니라 깊이를 가늠할 수 없는 길고 긴 구멍이 뚫려 있는 것처럼 보였다. 목덜미에 소름이 끼쳤다. 여자가 애써 완곡한 말투로 다시 말했다. 우리, 잠시만 이야기 좀 할 수 있을까요.

문 안쪽에서 헛기침 소리가 났고 뒤이어 문이 천천히 열리기 시작했다. 살짝 열린 현관문 틈으로 불빛이 새어나왔다. 그때였다. 철커덕, 하는 쇳소리와 함께 문이 더는 열리지 않았다. 안전 잠금 걸쇠가 걸린 상태였다. 한뼘쯤 열린 문 틈새로 확인할 수 있는 건 부릅뜬 눈동자 한쪽뿐이었다. 그 하나의 눈동자와 마주친 순간, 여자의 왼쪽 손이 심하게 떨리기 시작했다. 여자는 다른 한쪽 손으로 그 손을 꼭 붙잡아야 했다. 눈동자 하나가 복도에 양손을 맞잡고 떨며 서 있는 여자를 아래위로 한참이나 훑었다. 그제야 안전 잠금 걸쇠가 내려가고 현관문이 온전히 열렸다.

1204호의 열린 문 앞에서 여자를 맞이한 것은 헐벗은 여체가 아니었다. 앞니를 짓궂게 드러낸, 롤링스톤스의 통통한 입술과 혓바닥이었다. 트레이닝복 바지에 롤링스톤스의 혓바닥 로고가 프린트된 맨투맨티셔츠를 입은 그녀가 먼저 물었다. 어제도 저희 집 초인종 누르셨나요? 뜻밖의 직무에 여자는 당황했다. 아니요, 오늘 처음 왔는데요. B동의 그녀가 한숨을 내쉬면서 말했다. 요즘 자꾸 이상한 남자들이 와서 초인종을 눌러대서요. 그래서 잠금장치도 두 개나 더 달았거든요. 여자는 상황을 모면하기 위해 둘러댔다. 저희집 우유가 배달이 안 와서 그랬어요. 혹시 이쪽으로 가고 있는 게 아닌가 하고…… B동의 그녀는 그럴 리가 없다면서 손사래를 쳤다. 그러자 현관문의 각도가 크게 벌어졌다. 그녀의 등 뒤로 눈에 익은 풍경이 펼쳐졌다. 석고보드 재질의 천장, 낡은 화장실 문과 그것을 어떻게든 깔끔히 보이게 하려 덧붙였을 시트지, 그리고 작은 갓 아래로 노란 불빛을 내고 있는 스탠드 조명과 싱글 사이즈 침대 같은 것들. 여자가 자신의 어깨 너머를 훑고 있다는 것을 눈치챈 B동의 그녀가 언짢은 기색을 드러내며 문을 닫았다. 1204호의 굳게 닫힌 문에는 어떤 표정도 남아 있지 않았다.

＊

이삿짐센터 직원들이 신발을 신은 채로 방 안에 발을 들여놨다. 하필 눈이 오는 날이었다. 그들이 지나간 자리마다 눈 녹은 구정물이 흐르는 커다란 발자국이 남았다.

불과 얼마 전 애써 정리해두었던 옷가지, 택배로 주문했던 스탠드 조명, 여기서부터 화장실이라는 표시를 하고 싶어 깔아두었던 체크무늬의 발 매트. 작은 공간에 어떻게든 아등바등 끼워 넣었던 살림들이 순식간에 분리되고 쌓여나가는 광경을 지켜봤다. 이사는 조용하고 빠르게 진행되었다. 옷가지를 던져 넣는 소리, 네이쁘를 뜯는 소리, 수레바퀴가 굴러가는 소리만이 오피스텔을 가득 채웠다. 밥 먹고 일하고 잠자던 여자의 생활이, 단숨에 몇개의 상자에 네모나게 포장되었다. 짐을 나르던 남자가 물었다. 벽에 있는 사진들은 다 뭐예요? 여자가 답했다. 아무것도 아니에요. 그냥 놔두세요.

상자가 하나둘 수레에 실려 나갔다. 좁은 방이 앙상하게 텅 비었다. 천장의 얼룩을 가리기 위해 붙여두었던 시트지의 접착력이 다했는지 반쯤 떨어져 덜렁거렸다. 먼지가 풀럭이는 방 안에 아침의 햇살이 스몄다. 이 해가 지면, 다른 곳에서 잠들어야 했다. 여자는 태연하고, 부끄럽고, 주저하지만 한편으로는 설레어하는 남자들의 바보 같은 얼굴을 더블타워 오피스텔 A동 1204호에 남겨둔 채, 문을 닫았다.

탐페레 공항

누군가 어깨를 툭, 하고 치는 느낌에 잠에서 깼다. 눈떠보니 열차는 신도림역을 막 지난 참이었다. 맞은편 사람도 졸다가 깬 듯 어리둥절한 표정을 짓고 있었다. 그의 가방 위에, 그리고 내 허벅지 위에도, 초록색 껌 한통이 놓여 있었다.

툭. 다시, 툭.

키 작은 할머니가 열차의 통로를 지나고 있었다. 빨간색 플라스틱 바구니를 든 백발의 할머니는 살 테면 사고 말 테면 말라는 식으로 바구니에서 껌을 하나씩 꺼내서 툭툭 던지고 다녔다. 자리마다 한통씩, 자고 있거나 말거나 상관하지 않고 공평하게. 툭, 툭. 어떤 사람은 배에, 어떤 사람은 어깨에 맞았고 고개를 젖히고 자다가 목에 맞고 캑캑대는 사람도 있었다. 모두가 피곤한 퇴근길 지하철이었다.

열차 칸의 끝에 다다른 할머니가 다시 반대 방향으로 걸어오기 시작했다. 돌렸던 껌을 회수하려는 모양이었다. 껌만 도로 가져가는 경우도 있었고 껌 대신 천원짜리 두어장을 챙기는 경우도 간혹 있었다. 그럴 때도 할머니는 굽신거리며 인사를 하거나 고맙다는 말을 하는 법이 없었다. 그저 오늘 하기로 한 일을 해내고 있을 뿐이라는 듯 지폐만 손에서 낚아채 갔다. 구걸이 아닌 거래, 그런 느낌이었다. 묘하게 당당한 그 기운에 압도되어 나도 껌을 사는 쪽을 택했다.

납작한 종이 포장 위에 고딕체의 반듯한 글씨가 적혀 있었다. 자작나무로 만든 핀란드산 자일리톨. 자작나무, 핀란드, 자일리톨. 거기 적혀 있는 단어들 때문인지, 가본 적 없는 이국의 서늘한 바람이 묻은 편지를 받은 것만 같았다. 열어보니 둥글넓적한 껌 여덟개가 투명한 캡슐 안에 가지런히 들어 있었다. 나는 엄지손가락으로 그중 하나를 눌러 은박 포장지를 벗겼다. 껌을 입에 넣자 시원하면서도 달콤한 기운이 입안에 퍼졌고 귀밑에서 침이 고이기 시작했다. 그러자 '가본 적 없는 이국'이라는 말은 틀렸다는 생각이 들었다. 사실 나는 핀란드에 가본 적이 있다. 그 일에 대해서는, 어느 누구에게도 이야기해본 적 없다.

*

육년 전 여름. 나는 핀란드의 탐페레라는 작은 도시를 경유했었다. 목적지는 아일랜드 더블린이었는데, 가장 싼 항공편을 찾다보니 핀란드를 거쳐야 했던 것이다. 경유지인 탐페레 공항에 도착한 시각은 자정에 가까운 늦은 밤이었다. 그런데도 한쪽 벽면을 모두 차지하고 있는 통유리창 밖이 대낮처럼 환했다. 처음으로 경험한 백야였다. 나는 그제야 내가 먼 나라에 와 있다는 사실을 실감했다.

여름방학이 끝날 때까지 삼개월 동안 더블린에서 워킹홀리데이를 하면서 머물 계획이었다. 새로운 생활이 시작된다는 설렘과 동시에, 이제 준비해온 대로 하기만 하면 된다는 안도가 교차했다. 워킹홀리데이를 가기로 마음먹었던 이유는 글쎄, 돌이켜보면 초라했다. 그래도 명색이 다큐멘터리 피디 지망생인데, 외국 한번 나가본 적 없다는 사실이 졸업학기를 앞두고서야 큰 결격사유처럼 여겨진 탓이었다. 취업박람회에서 진로 상담원은 내게 '취업전선에 뛰어든다'는 말을 들어봤느냐고 물었다. 말 그대로 전쟁이라면서, 나는 아직 거기에 뛰어들 준비가 안 되어 있다고 했다. 말하자면 준비운동이 더 필요하다는 것이었다. 특히 피디는 경쟁률이 높은 직종인데 내 스펙, 학교, 학점, 모든 것이 다 평범하다고 했다. 영어 점수는 높은 편이지만 요즘 이 정도는 많이들 가지고 있어서 크게 눈에 띄지 않는다면서.

우선 휴학을 했다. 해외연수는 갈 처지가 안 됐다. 이미 학자금 대출이 있었으니까. 돈을 쓰는 게 아니라 벌면서 외국 생활도 해보고, 젊을 때 사서라도 한다는 고생도 좀 해보고, 이 기회에 영어 실력도 더 키워보고…… 뭐 그런 기대를 안고 이것저것 물색해보다 흔히들 그렇듯 나도 워킹홀리데이를 생각하게 된 것이었다. 여행사와 유학원을 들락거리고, 비자 발급에 필요한 서류를 떼러 다니고, 몇번의 착오 끝에 현지의 일자리를 구하고 비행기 값을 모으는 데 한 학기를 다 보냈다. 나에겐 고심 끝의 결정이자 엄청난 도전이고 인생의 특별한 이벤트였는데, 다 준비하고 나서 보니 결국 남들이 한번씩 해보는 걸 나도 똑같이 하는 데 지나지 않는다는 게, 유행의 일부일 뿐이라는 게, 그저 준비운동을 마친 것일 뿐이라는 게, 조금은 쓸쓸하게 느껴졌다.

탐페레 공항은 규모가 작아서 공항이라기보다는 버스 터미널에 가까운 분위기였다. 출입국 절차를 위한 공간을 제외하고 나면, 사람들이 대기할 수 있는 홀에 까페 하나, 식당 하나, 키오스크 하나가 전부였다. 그마저도 늦은 밤이라 문이 닫혀 있었다. 나는 홀에 놓인 벤치에 앉아 항공편 이름과 이착륙 시간, 게이트가 나열된 모니터를 올려다봤다. 내가 타야 할 더블린행 저가 항공편은 다섯시간 반 뒤에 출발했다. 다섯시간 반. 말 그대로 시간을 때우는 것밖에는 달리 할 수 있는 게 없었다. 나는 옆자리에 놓여 있던 신문을 집어 들어 펼쳤다. 뜻을 알 수 없는, 유난히 점이 많은 알파벳들이 줄지어 있었다. 아마도 핀란드어일 것이다. 우리말과 핀란드어의 문법 구조가 비슷하다는 사실을 예전에 다큐멘터리에서 본 적이 있었다. 나는 기사에 실린 사진을 보고 글자들의 뜻을 짐작해보면서 그것을 천천히 넘겨보고 있었다. 그때였다. 갑자기 누군가 내 어깨를 툭, 하고 건드렸다. 나는 반사적으로 뒤돌았다.

"미안 — 해요, 제 — 가 당 — 신을 놀라 — 게 했군요."

한 노인이 건조한 목소리의 영어로 말을 걸어 왔다. 얼핏 봐도 나이가 꽤 많아 보이는 할아버지였다. 이마며 눈가며 할 것 없이 얼굴 전체에 주름이 자글자글했고 엷은 검버섯이 얼굴을 뒤덮다 못해 듬성듬성 난 머리카락 사이까지 피어 있었다. 아주 느린 호흡으로 말했으면서도 그 한마디를 뱉는 것이 힘겨웠는지, 얕은 숨을 몰아쉬었다.

"괜찮아요. 무슨 일이세요?"

나는 그렇게 대답하면서 노인의 얼굴을 좀더 살폈다. 녹색 눈동자를 가진 노인이었는데 그 초록빛 눈은 어딘가 남다른 면이 있었다. 어딜 보고 있는지 잘 알 수 없는 눈빛이었다. 나를 보고 있는 것 같기도 했고 아닌 것 같기도 했다. 노인은 내가 아닌 내 뒤쪽 모니터를 향한 것 같은 시선을 그대로 둔 채, 재킷 주머니를 뒤적여 자신의 비행기 티켓을 내게 내밀었다. 그리고 여전히 느릿한 목소리로 힘겹게 말했다.

"저 — 는 앞이 거 — 의 보이지 — 않아요. 당 — 신이 저를 도와 — 주시 — 겠어요?"

그가 내민 티켓을 받아 들었다. 헬싱키행 비행기였고 앞으로 네 시간이나 더 기다려야 했다.

"당신의 비행기는 네시간 뒤에 출발해요. 여기서 더 기다려야만
해요."

노인은 무언가 착오가 있었던지 깊고 초점 없는 눈을 끔뻑이더
니 한숨을 내쉬었다. 나는 왠지 꺼림칙한 기분이 들어 주섬주섬 캐
리어와 배낭을 챙겨서 일어났다. 그가 앉은 채로, 그러니까 내 배를
바라보며 물었다.

"당신 ─은 몇 ─ 시에 비행 ─ 기를 타 ─죠?"

"제 비행기는 다섯시간 반 뒤에 출발해요."

노인이 얼굴의 모든 주름을 동원해 활짝 웃으며 말했다.

"오─ 그깃   차 잔─됐구─요."

우리는 공항 건물 밖으로 나가 주변을 한바퀴 산책하기로 했다.
내가 한국에서 왔고, 해외여행이 처음이라는 이야기를 듣고, 노인
이 그걸 제안했기 때문이었다. 대기 시간 동안 공항 안에만 있으면
핀란드에 가본 적이 없는 것이 되지만, 밖에 나갔다 와보면 나중에
핀란드에 가본 적이 있다고 할 수 있지 않겠냐는 논리였다. 핀란드
를 그저 경유하기만 한다는 나의 여정에 노인은 핀란드 사람으로
서 약간 속이 상한 듯했다.

잘 걸을 수나 있을까? 노인의 제안에 속으로 걱정했던 것과는 달
리, 그는 지팡이를 사뿐히 짚으며 곧잘 걸었다. 축축 늘어지는 말투
도, 듣다보니 적응이 되었다. 그는 한마디 하고 숨을 몰아쉬고 한
마디 하고 또 숨을 몰아쉬면서도 끊임없이 말을 했다. 노인이 먼저

내게 자신을 꺼내 보였다. 젊은 시절에는 사진기자로 일했고 은퇴 후에는 사진작가로 활동했다는 것. 이년 전, 지병으로 쓰러진 뒤로 시력을 점차 잃어가고 있다는 것. 더는 예전처럼 사진을 찍을 수 없게 된 점은 슬프지만, 자신을 도와주는 사람들이 많아서 다행이라고 생각한다는 것.

"오—늘도 이—렇게 친절—한 숙녀—분이 저를 도와—주고 있—죠."

그의 영어는 아주 느리기 때문에 알아듣기 쉽다는 장점이 있었다. 그럼에도 불구하고 나는 몇번이나 노인의 말을 알아듣지 못해 다시 한번 말해주겠느냐고 되물어야 했는데, 노인이 제2차 세계대전에 참전했다는 이야기를 듣고서 역시 그랬다.

"네? 다시 한번 말해주시겠어요? 제2차 세계대전이라고요?"

내가 잘못 알아들은 것은 아니었다. 재빠르게 머리를 굴려 계산해보았다. 그 말이 사실이라면 노인은 적어도 구십살, 많으면 백살쯤 먹은 셈이었다. 무려 2차대전에 참전했다는 노인과 대낮같이 밝은 밤에 산책하고 있자니 어쩐지 모든 게 비현실적으로 느껴졌다. 마치 조명이 환히 켜진 세트장에 들어와 있는 것 같았다.

걷다보니 배에서 꼬르륵 소리가 났다. 작은 소리라 못 들었을 줄 알았는데, 노인이 그 소리를 듣고 크게 웃었다.

"앓을—까요?"

공항 주변은 줄기가 새하얀 자작나무들로 둘러싸여 있었다. 비행기 위에서 내려다보았을 때 온통 푸르기만 했던 땅이 착륙하면서 하얗게 변하던 순간을, 마치 벨벳의 결을 다르게 넘기는 것 같았던 그 순간을 떠올렸다. 나는 나무 아래 벤치 하나를 찾을 수 있었다.

노인이 메고 있던 배낭에서 종이봉투를 꺼냈고 그 안에서 납작한 호밀빵을 집어 들고 내게 내밀었다. 처음 만난 사람이 주는 걸 덥석 받아먹어도 되나? 하는 생각도 잠시, 고소한 냄새가 허기를 돋웠고 나도 모르게 침이 고였다. 마지막으로 기내식을 먹은 지도 반나절이 훌쩍 넘어 배가 무척이나 고팠다. 나는 빵을 받아 한입 베어 물고, 깜짝 놀랄 수밖에 없었다. 쫀득한 속에 알갱이가 씹혔는데 그건 분명히 쌀이었다. 빵 안에 밥이라니, 그런데 이렇게 맛있다니. 처음에 노인이 같이 대기 시간을 보내자고 했을 때 살짝 귀찮다는 생각을 한 것이 미안해졌다. 노인은 말하는 것보다 더 느린 속도로 빵을 씹고 있었다. 나는 몸도 성치 않은 노인이 왜 이렇게까지 힘들게 외출해서 비행기를 타려고 하는지가 궁금해져서 물었다.

"그런데, 헬싱키에는 왜 가시는 건가요?"

"동—창회에 갑니—다. 제게는— 일년—중 가—장 중요—한 행사—랍니다."

"그렇군요."

"항—상 이—번이 마지—막이라는 생각—으로 참석—하지요."

동창회 사이사이에 늘 부고 소식이 있고, 바로 그 이유로 참석 인원이 매년 줄어들고 있다고 했다. 그런 무서운 이야기를 하면서도 노인은 아무렇지도 않게 껄껄 웃었다. 이번에는 노인이 내게 물었다. 학교를 졸업하면 무슨 일을 하고 싶냐는 질문이었다. 나는 다큐멘터리 피디가 되고 싶다고 했다. 노인은 어쩐지 크게 기뻐했다. 자기도 시력을 잃기 전에 다큐멘터리 보는 것을 좋아했다는 것이었다.

"언제 —부터 다 —큐멘터 —리를 좋아 —했나요?"

"글쎄요, 언제부터였을까요."

나는 잠시 기억을 더듬어보았다. 그러자 그 끝에 접시가 있었다. 새하얗고, 반짝반짝 광이 나는, 아주 커다란 접시. 위성 케이블 설치 붐이 일던 구십년대 중반, 그때부터였을 것이다.

어딜 가든 집집마다 케이블 위성 접시가 현대인의 필수품처럼 하나씩 달려 있던 시절이었고, 나는 중학생이었다. 학교가 끝나면 텅 빈 집에 혼자 돌아와 교복 치마 밑에 추리닝을 덧입은 이상한 차림을 하고서는 손목에서 신발주머니를 빼지도 않은 채로 마룻바닥에 볼을 대고 누워 다큐멘터리 채널을 켜곤 했다. 그곳에선 내셔널지오그래픽의 자연 다큐를 비롯해 히트한 해외 다큐멘터리를 몇번이고 재방송해주었다. 사막으로 북극으로 또 밀림으로 저벅저벅 걸어 들어가는 카메라의 워킹과, 마치 조물주와도 같았던 성우의 목소리. 나는 아마도 그런 것들에 매료되었던 것 같다. '지구대기행', '실크로드' 같은 다큐는 한번 보고 재방송으로 보고, 보고 또 봐도 좋았다. 줄거리는 물론이고 내레이션을 거의 외울 정도였다.

나는 가정통신문 장래희망 기입란에 항상 '다큐멘터리 피디'라고 적어 냈다. 일학년 때도, 이학년 때도, 삼학년 때도. 다큐에 빠지고 나서부터는 또래 친구들이 전부 덜떨어진 아이들 같아 보였다. 생활기록부의 장래희망란이 의사에서 변호사로, 변호사에서 다시 건축가로 들쭉날쭉 매년 바뀌는 애들이 유치해서 참을 수가 없었다. 어휴, 쟤네는 '지구대기행'을 보기나 했을까. 만물의, 인생의 진리를 알까. 나 자신이 학교에서 가장 성숙한 인간인 것처럼 느껴져 우쭐했고, 동시에 따분했다.

나는 왠지 모르게 긴장하면서 입을 열었다. 이때만큼은 틀린 영어 문법을 쓰고 싶지 않아 오래오래 문장을 머리에서 굴리다 말했다. 아주 오래신부디 디큐멘터리를 좋아해왔다고. 내가 진정으로 하고 싶은 일은, 오직 이것밖에 없는 것 같다고.

"사 ─ 랑에 ─ 빠졌 ─ 군요."

"네, 사랑. 아마도요."

노인은 나중에 다큐멘터리 피디가 되면 꼭 핀란드에 다시 와서 오로라를 찍으라고 말하면서 다짐 받듯 덧붙였다. 반드시 겨울에 와야 한다고 말이다. 지금처럼 밝은 백야에는 오로라가 잘 보이지 않는다는 거였다. 추운 겨울이 돌아올 때, 하늘이 어둠으로 뒤덮여 있을 때, 꼭 이곳에 다시 들러달라고 당부했다. 나는 그러겠노라고 약속하면서 언젠가 다큐멘터리에서 봤던 오로라를 떠올렸다. 발밑 아득히 자리한 별에서 이곳을 향해 쏘아 올린 듯한 빛의 기둥. 정지해 있는 듯하다 어느샌가 저 멀리 헤엄쳐 가는 색색의 빛줄기들. 지금 내가 발을 딛고 있는 이곳에도 언젠가는 밤이 찾아오고 또 오로라가 넘실대겠지.

좀처럼 어두워질 것 같지 않은 하얀 하늘을 멍하니 올려다보고 있을 때 노인이 재킷 주머니를 뒤적이더니 무언가를 꺼냈다. 일회용 카메라였다. 시력이 나빠진 다음부터는 직접 인화할 필요가 없는 일회용 카메라를 가지고 다닌다고 했다. 그걸로 내 사진을 찍어주고 싶다며 엄지손가락으로 필름을 말았다. 나는 괜스레 머리와 옷깃을 가다듬었다. 그가 나를 향해 셔터를 눌렀다. 찰칵, 하는 셔터음 소리를 들으니 나도 갑자기 사진이 찍고 싶어졌다. 노인에게 허락을 구하고 어깨에 메고 있던 DSLR 카메라로 노인을 찍었다. 내 셔터음을 들은 그가 말했다.

"이 — 제 공항 — 으로 돌이 — 갑시다. 비행 — 기가 오고 — 있을 겁 — 니다."

공항 로비에 도착하자마자 노인은 자신의 짐가방을 활짝 열어놓고 뒤적거리더니 커다란 스케치북과 마커펜을 꺼냈다. 그리고는 내게 집 주소를 적어달라고 부탁했다. 방금 찍은 내 사진을 인화해서 보내주겠다는 것이었다. 글씨를 아주 커다랗게 써서 저시력 환자용 독서기를 통해 보면 자신도 글씨를 알아볼 수 있다고 했다. 말하자면 스케치북과 마커펜은 노인에게 수첩과 볼펜인 셈이었다. 나는 신입 방송부원 모집 대자보를 쓰던 실력을 살려 큼지막하게 주소를 적어나갔다. 사각사각 써내려가는 내 마커펜 소리를 들으며 노인이 얼굴에 퍼져 있는 주름을 더 쭈그러트리며 웃었다.

나는 노인의 비행기가 출발하는 게이트에 그를 데려다주었다.

"당신은 여기서 삼십분 정도 기다려야만 해요. 승무원이 안내를 시작하면 그때 들어가세요. 아시겠죠?"

노인은 문제없다고 거듭 말하며 어서 가보라고 손등으로 허공을 내저었다. 나는 바로 옆 게이트에서 수속을 하고 시야가 노인에게 닿을 수 있는 마지막 지점에서 뒤돌아보았다. 그럴 리는 없겠지만 마치 날 보고 있기라도 한 것처럼, 노인의 얼굴이 이쪽을 향해 있었다.

삼개월간의 워킹홀리데이는 순식간에 지나갔다. 나는 더블린에서 기차로 두시간 남짓 떨어진 한 시골 마을의 재활원에서 지냈다. 절반은 몸이 불편한 노인들이 재활 치료를 받는 곳이었고, 나머지 절반은 치매 노인을 위한 호텔식 요양원이었다. 나는 매일의 객실 청소를 맡았다. 오전 시간 내내 청소기를 돌리고 매트리스 커버와 이불 시트를 빼내고 새 시트를 끼우고 하다보면 어느새 점심시간이 되었다. 재활원 내부에 마련된 직원 숙소로 돌아가 간단히 요리해 먹고는 다시 사용된 시트를 세탁하고 널고 걷어서 개어놓는 일을 반복했다. 청소와 빨래, 빨래와 청소 속에 하루가 잘도 흘러갔다.

가뜩이나 낯선 환경인데 사람들과 말을 할 기회가 많지 않아서 처음에는 좀 외로웠다. 습진을 달고 살긴 했지만 돈은 꽤 벌었다. 그곳 생활에 어느 정도 익숙해지고 나서부터는 유럽 각국에서 온 동료들과 얕은 친분을 맺기도 했고, 주말에 더블린이나 갈웨이 같은 곳으로 짧은 여행을 다니며 이국적인 풍경과 자연을 눈에 담기도 했다. 나는 종종 DSLR 카메라에 여러 인종의 동료들을 영상으로 담으며 작은 흥분을 느꼈다. 비싼 채소를 못 먹고 밀가루만 먹어대서 변비에 걸린 동료들에게 한국에서 가져온 변비약을 나눠주고, '코리안 메디슨' 최고라는 찬사와 함께 '아시아의 나이팅게일'이라는 별명을 얻고, 이따금 마음먹고 재료를 준비해 그들이 맛있다고 껌뻑 죽는 김밥을 말기도 하고, 또 가끔은 영어로 고심해둔 농담에 동료들이 웃었을 때 뿌듯해하기도 하면서.

공항에서 만났던 노인이 문득 떠오를 때도 있었다. 같이 일하는 동료의 국적이 핀란드라는 사실을 알았을 때. 방을 청소하다 저시력 환자용 독서기를 발견했을 때. 요양원 입소자 중 나이가 너무 많아서 죽음에 가까워져가는 노인의 방을 청소할 때. 아니면 무심코 카메라의 사진을 최근 찍은 것부터 거꾸로 넘겨보다 결국 맨 앞에 찍힌 사진인 노인의 얼굴을 마주하게 되었을 때. 처음 만났을 때처럼 불쑥, 그가 내 어깨를 건드리는 것만 같았다.

다시 한국에 돌아온 날, 집에 들어가기도 전에 먼저 나를 반긴 건 우편함 바닥에 깔려 있던 핀란드 노인의 편지였다. 겨우 네시간 남짓 만났을 뿐인데, 석달 내내 같이 지냈던 더블린의 동료들보다 핀란드의 노인이 더 가깝게 느껴졌다. 그는 헬싱키로의 짧은 여행을 마치자마자 편지를 보냈을 터였다. 그의 동창회는 어땠을지. 작년보다 적어진 참석자 수에 속이 상하지는 않았을지. 돌아오는 길에는 혼자서 비행기를 탔을지. 많은 것들이 궁금해졌다. 나는 마치 노인을 문 앞에 세워두고 석달이나 기다리게 한 것 같은 기분이 들어 허겁지겁 봉투를 뜯었다.

봉투 안에는 나의 안전한 여행을 기원하는 노인의 짤막한 손편지, 오로라 사진이 인쇄된 빈 엽서, 그리고 내 사진이 들어 있었다. 헤어지기 직전, 노인이 일회용 카메라로 찍어준 것이었다. 사진은 허리 즈음에서 자연스럽게 잘렸고 내 머리 위에는 적당한 여백이 남았다. 아무리 한때 사진작가였어도 그렇지, 앞이 잘 보이지 않는다는 사람이 어떻게 이렇게 구도를 잘 잡았는지 놀라웠다. 나는 책상 옆 두번째 서랍을 열어 접착테이프를 꺼냈다. 손가락 길이만큼 잘라낸 테이프를 둥글게 말아서 책상 앞 창틀에 오로라 엽서를 붙여두었다. 그렇게 해두면 엽서를 볼 때마다 기분이 좋아질 것 같았다.

마지막 학기 개강 첫날, 등굣길에 학생회관에 들러 편지지와 우표를 사고 수업이 끝나면 도서관에서 노인에게 답장을 쓴 다음, 집으로 돌아가는 길에 정문 앞 우체통에 편지를 넣으려고 했다. 분명히 그런 계획을 세웠었다. 하지만 첫날부터 일교시 강의에 지각하는 바람에 학생회관에 들르지 못했다. 둘째 날에는 수강신청할 때 졸업 필수 과목을 하나 빼먹었다는 사실을 뒤늦게 알고 학적과에 전화하고, 메일을 보내고, 교수실에 찾아가 사정을 봐달라고 부탁하느라 정신이 없었다. 셋째 날에는 드디어 편지지를 사기는 했는데 아무래도 우체통에 넣는 것보다는 우체국에 직접 가서 부치는 편이 낫겠다는 생각이 들었고, 그러려면 네시 반 이전에 가야 하니 또 다음 날로 미루게 되었다.

결국, 나는 학기 내내 답장을 보내지 못했다.

그리고 학기 내내 방송국 신입 피디 공채에 원서를 넣었지만 전부 다 서류에서 탈락했다. 나는 피디 채용 정원이 이렇게 적은지 몰랐고 이렇게 많은 사람이 피디가 되고 싶어하는지도 미처 몰랐다. 면접이라도 봤다가 떨어졌으면 이해라도 하지, 원서만 썼는데 바로 불합격 통보를 받으니 떨어진 이유도 알 수 없어 답답했다. 스펙만 볼 것이 아니라 중고등학교 생활기록부까지 다 봐야 하는 게 아닌가? 이를테면, 그래도 육년 내내 생활기록부에 장래희망이 '다큐멘터리 피디'라고 되어 있는 사람은 적어도 면접은 한번 보게 해줘야 하는 게 아닌가? 이런 생각도 들었다.

딱 한번 면접을 보긴 했다. 낚시 전문 케이블 채널이었다. 서류전형과 필기시험에 통과하고 실기면접까지 봤지만 큰 인상을 남기지 못하고 떨어졌다. 아무런 대답도 하지 못했던 마지막 질문은 면접이 끝난 후에도 한동안 머릿속을 맴돌았다.

"민물낚시와 바다낚시의 가장 큰 차이점이 뭐라고 생각합니까?"

마지막 기말고사를 앞두고서는 노인에게 답장해야겠다는 마음 자체를 완전히 접게 되었다.

도서관에서 시험공부를 하다가 막차 시간에 맞춰 집으로 돌아왔을 때였다. 마저 공부하기 위해 책상에 앉으려는데, 창틀에 붙여둔 오로라 엽서가 눈에 들어왔다. 답장을 하긴 해야 할 텐데. 어영부영하다보니 노인이 편지를 보낸 지도 벌써 반년이나 지나 있었다. 핀란드의 날씨는 추워졌겠지. 대낮처럼 밝기만 했던 날들도 다 지나가고 이제 온종일 어둡기만 하겠지. 그곳엔 오로라가 있을까. 노인은 내 편지를 기다리고 있을까.

편지 생각만 하면 체한 듯 가슴이 답답했다. 다음 날 치를 시험은 성적의 칠십 퍼센트를 좌우하는 중요한 시험이었다. 이 과목은 반드시 A를 받아야 평균 학점의 소수점 앞자리가 바뀐다. 편지는 나중에 생각하자. 집중해야 해. 나는 빠른 속도로 엽서를 떼어냈다. 엽서의 뒷부분이 죽, 찢어졌다. 동그랗게 말아놨던 테이프가 창틀에 그대로 붙어 있었고 그 위에 하얗고 얇은 종이의 흔적이 남았다. 나는 편지 봉투를 꺼내 오로라 엽서를 다시 집어넣고 서랍을 닫았다.

그래, 사실 내가 답장을 해주겠다고 한 적은 없었잖아. 받은 거 자체로 의미가 있고, 또 노인은 벌써 나에 대해 잊어버리고 있을지도 모르고. 어차피 늦은 거, 좀더 한가해지면 답장을 해야겠다고 마음먹었다. 그러자 마음이 조금은 편해졌다. 편지에 대해서는 되도록 잊어버리려 노력했다.

졸업 후 나는 한 외주 제작사에 취직했다. 아무래도 방송 일도 경험해볼 수 있고, 또 제작 분야에서 일한 이력이 다음번 방송사 공채 응시 때 도움이 될 수도 있겠다고 판단했기 때문이었다. 많은 직원들이 나와 비슷한 마음인 것 같았다. 그래서 그런지 거의 자원봉사나 다름없는 식으로 일했다. 아르바이트할 때와 받는 돈 자체는 비슷했지만 여기서는 집에 들어가지도 못하고 일했기 때문에 시급으로 따지면 훨씬 적었다. 차라리 다시 아르바이트를 하는 게 낫겠다는 생각도 들었다.

나를 더 힘들게 하는 것은 내가 하는 일이 초라하다고 여겨질 때였다. 주로 아침방송의 십분짜리 코너를 제작했는데, 육 밀리 캠코더를 들고 다니며 작가들이 써준 대본대로, 시키는 대로 찍고 편집했다. '전국의 원조 맛집을 찾아서'라는 이 코너에서 내가 가장 많이 하는 말이라고는 "맛이 어떠세요?" "큐, 하면 맛있다고 하는 거예요" 같은 것들이었다. 시골 어르신들이 육 밀리 캠코더를 든 나를 보고 '아이고, 감독님'이라고 불러줄 때는 민망하면서도 살짝 기분이 좋긴 했지만.

월급이 두달째 밀렸을 때 아빠가 쓰러졌고 엄마가 주말에도 새벽부터 일을 나가기 시작했다. 나는 외주 제작사 일의 비중을 줄이고 아르바이트의 비중을 늘려나가다 결국은 풀타임으로 취직했다. 큰 기업은 아니지만 건실하다고 알게 모르게 소문난 식품회사의 회계팀이었다. 그나마도 경제학을 부전공해서 가능한 일이라며 친구들의 부러움을 샀다. 최종 합격 통보를 알리는 문자메시지를 받았을 때, 아마 밤 열시였을 거다. 소식을 들은 엄마는 아빠가 잠든 육인실 병상에서 숨죽여 울었다고 했다.

연봉계약서에 서명하던 그 순간, 쓸쓸한 감정이 들 것 같았지만 오히려 그 반대였다. 나는 정말이지, 진심으로, 기뻤다. 방송국이고 피디고 뭐고 지긋지긋했다. 대신 4대 보험이 어쩌고 하는 말들과 상여금, 특근수당, 연차와 실비보험 같은 단어들이 그렇게나 따뜻하고 푹신하게 느껴질 수 없었다. 수습 기간이 끝나고 정직원이 되면서 회사에서 가족 의료비도 지원해주었다. 아빠는 그 돈으로 수술할 수 있었다.

신입사원 교육을 받고, 다음 해 신입사원이 들어오면 똑같은 교육을 해주고, 이따금 회식을 하고, 연말정산 시즌이 다가오면 야근을 하고, 과장님이 소개해준 남자와 두어달 만나다 헤어지고…… 그런 나날들이 모자라지도 넘치지도 않게 이어졌다. 졸업한 지 육년 만에 학자금 대출을 완납하던 날에는, 유명하다는 베이커리에서 작은 조각 케이크를 하나 샀다. 방문을 닫고, 불을 끄고, 노트북으로 「북극의 눈물」 DVD를 재생했다. 너무 여러번 들어 익숙한 배경음악이 깔렸다. 나는 모니터에서 흘러나온 네모난 빛 안에 케이크 접시를 두고 천천히 한입씩 떠먹었다. 혀끝에 닿은 생크림이 달았다.

*

야근하다 들른 회사 근처 식당에서, 저녁 뉴스 화면 아래로 지나가는 신입 피디 채용 공고 자막을 본 건, 일주일 전이었다.

그날 회사 탕비실에서 뜨거운 물에 털어 넣은 믹스커피가 다 식어버릴 때까지 저어대다가 그대로 개수대에 쏟아버리고는 자리로 돌아왔다. 인터넷 브라우저를 켜고 방송국 홈페이지 주소를 입력한 뒤 엔터키를 눌렀다. '신입 피디 공개채용'이라는 팝업창이 떴다. 사무실에는 아무도 없었다. 처음부터 그럴 생각은 아니었는데, 나는 어느새 이력서와 자기소개서 양식을 채워 넣고 있었다.

오랜만에 써보는 이력서였다. B여자고등학교 방송반 부장, I시 청소년 영상물 공모전 은상 수상, C대학 교내 방송국 부국장, 아일랜드 워킹홀리데이, M프로덕션 근무, D식품 경영지원부서 재직 중. 또 뭐 없나? 공인 영어 점수는 이미 만기된 지 오래였다. 있으나 마나 하는 프리미어 자격증과 MOS 자격증을 쓰고 나니 더 쓸 게 없어 이력서가 휑해 보였다. 운전면허 2종 보통을 썼다가, 지웠다.

자기소개서는 총 다섯 문항이었는데, 질문은 육년 전이나 지금이나 거기서 거기였다. 자신이 반드시 피디가 되어야 하는 이유를 기술하시오. 인생에서 가장 도전적이었던 경험과 그로 인해 느낀 점을 기술하시오. 리더십을 발휘했던 경험을 3개 이상 기술하시오. 그중에 가장 난감해서 말문이 막혔던 질문은 이거였다.

인생에서 가장 후회했던 경험과 그 이유를 기술하시오.

나는 하얀 바탕에 깜빡이는 커서만 물끄러미 바라보다 눈을 감았다. 어둠 속에 무언가 보이려다가, 말았다. 머리가 지끈거렸다. 브라우저 창을 닫고 노트북을 꺼버렸다. 앞으로 그 방송사 홈페이지에 접속하는 일은 다시 없을 거라고, 마음먹었다.

*

　퇴근하자마자 단물이 다 빠진 자일리톨 껌을 휴지통에 뱉어버리고 코트와 가방을 방바닥에 내팽개쳤다. 책상이 놓인 창문 쪽으로 시선을 돌렸다. 창틀 위에 붙은 테이프가 눈에 들어왔다.

　아주 오래전에 저곳에 엽서가 붙어 있었다는 걸, 테이프 위의 얇은 종이 찌꺼기가 말해주었다. 아무렇게나 찢겨 남겨진 종이는 때가 타서 새카매졌고 테이프는 접착력이 거의 다해 너덜거렸지만, 어쨌든 여태 그곳에 붙어 있었다. 나는 테이프 위에 남은 꼬질꼬질한 송이의 흔적을 한참 동안 누려보았다.

　나는 알고 있었다. 인생에서 가장 후회하는 일인지는 모르겠지만 적어도 내가 후회하는 몇가지 중 하나가 무엇인지, 알고 있었다. 애써 다 털어버렸다고 생각했지만 내 안 어딘가에 끈질기게 들러붙어 있고, 떼어내도 끈적이며 남아 있는, 날 불편하게 만드는 그것. 내가 그것을 다시 꺼내는 데는 많은 용기가 필요하고 꺼내서 마주하게 되더라도 차마 똑바로 바라보기는 힘들 거라는 걸, 너무 잘 알고 있었다.

　천천히 두번째 서랍을 열었다. 통장과 여권을 들어내고 그 아래 깔렸던 노트 두권과 책 한권을 또다시 들어냈다. 그리고 맨 아래, 핀란드 노인이 보냈던 편지 봉투가 모습을 드러냈다.

　깜깜했다. 그곳에 편지 봉투가 있다는 사실은 알았지만 너무 오래전 일이어서 봉투 안에 무엇이 들었는지, 편지에는 어떤 내용이

쓰였는지 도무지 기억나지 않았다. 단지 시간이 많이 흘렀기 때문만은 아니었다. 나는 언젠가부터 노인으로부터 편지를 받았던 일을 없었던 일이라고 여겼다. 그리고 그렇게 생각할수록 정말 없었던 일이 되어버린 것만 같았다. 왜 그랬는지는 모르겠지만 아마도…… 그가 이미 죽었을 것 같다는 생각 때문이었을 것이다. 한해가 지나고 두해가 지나고, 노인이 지금쯤 몇살일까를 떠올리다가 고개를 젓곤 했다. 만약에 노인이 정말 그렇게 되었다면, 그걸 내가 알게 된다면…… 나는 미안해서 도저히 견디지 못할 것 같았다.

봉투를 꺼냈다. 열린 입구를 아래로 향하게 기울이자 툭, 하고 내용물이 쏟아졌다. 뒷면이 찢긴 오로라 엽서, 그리고 육년 전의 나였다. 사진을 집어 들었다. 지금은 절대 시도할 것 같지 않은, 유행 지난 빽빽한 일자 앞머리가 눈썹 위에 가지런했다. 내가 이랬었나? 촌스러웠지만 그래도 귀여웠다. 세상에, 사진 속의 나는 팔자 주름도 없다.

그런데 팽팽한 것은 사진 속 내 피부뿐만이 아니었다. 들고 있는 사진이 이상하게 빽빽하게 느껴졌다. 무심코 사진을 뒤집었다. 뒤에 두꺼운 종이가 덧대어져 있었다. 점이 많은 알파벳이 쓰여 있었는데, 읽지는 못했다. 글씨가 아닌 그림을 보고 그게 시리얼 상자를 잘라서 붙인 거라는 걸 알았다. 이게 왜 붙어 있지? 나는 편지를 꺼내려 봉투를 다시 집어 들다가 조금 전에는 보지 못했던 것을 발견했다. 왼쪽 위 발신인 주소를 쓰는 곳과 오른쪽 아래 수신인 주소 쓰는 곳 사이에, 봉투를 대각선으로 가로지르는 문장이 적혀 있었다. 아주 흐릿했다. 주소와는 다르게 연필로 적었는지, 지워지기 직전이었다. 나는 봉투를 좀더 가까이 가져와 대각선으로 쓰인 글자를 읽어나갔다.

Do not bend (Photo inside) 구부리지 마시오 (사진이 들어 있음)

말 그대로 노파심이라는 게 이런 걸까. 사진이 지구 반대편 먼 길을 거쳐가는 동안 행여나 구겨질까, 노인은 많이 걱정했던 것 같다. 나는 시리얼 상자를 가위로 자르고, 그것을 풀로 사진의 뒷면에 단단히 붙이는 노인의 모습을 상상했다. 하얀 밤, 태양이 뭉근한 빛을 내는 창가에 앉아 가위와 풀과 사진 그리고 편지 사이를 천천히 오가며 더듬거리는 노인의 쭈글쭈글한 손을.

참았던 눈물이 쏟아졌다. 오래 울었는데도 이상하게 진정이 잘 되지 않았다. 심장이 물에 뜬 듯 출렁이는 것만 같았다. 나는 봉투 안에 든 편지를 꺼내서 펼쳤다. "글씨를 힘차게 쓰던 용감한 한국의 숙녀분께." 이런 내용이 적혀 있었구나. 나는 마치 그 편지를 처음 보는 사람처럼 노인의 글을 읽기 시작했다. 한줄 한줄 읽어내려갈 때마다 알 수 없는 곳을 향한 미안함의 눈물이 자꾸 흘렀다. 편지의 끝에는 연락하고 지내자는 말과 함께 숫자 열세개가 적혀 있었다. 노인이 전화번호까지 적어줬었어? 왜 나는 이런 것도 기억하지 못하고 있었을까. 대체 왜.

충동적으로 휴대폰을 들어 편지에 적혀 있던 번호를 입력한 다음, 통화 버튼을 눌렀다. 신호음이 계속될 때마다 휴대폰을 든 손이 덜덜 떨렸다. 어떡하지…… 누군가 전화를 받았다. 저음의 느릿한 여자 목소리였다. 핀란드어로 말하고 있는 것 같았다. 나는 심호흡을 한번 한 뒤 상대방에게 영어를 할 수 있는지 물었다. 그녀가 이번에는 영어로 내가 누구인지 물었다. 나는 편지 봉투 위에 적힌 이름을 내려다보았다. 노인의 이름이 얀이었구나. 내가 물었다. 얀이, 그곳에 있습니까? 수화기 너머로 잘 알아들을 수 없는 목소리가 들려왔다.

"히 ─ 이스 ─ 리빙."

"뭐라고요? 다시 한번 말씀해주시겠어요?"

"히 ─ 이스 ─ 리 ─ 빙."

리빙? living인가? leaving인가? 어디로 떠났다는 거지? 나는 떨리는 목소리로 되물었다.

"다시, 다시 한번만 말해주시겠어요?"

"히 ─ 이즈 ─! 슬 ─ 리 ─ 핑!"

그가 있었다. 자고 있었다. 나는 울먹이며 말했다.

"저는, 한국 사람입니다. 육년 전에 탐페레 공항에서 얀을 만난 적이 있어요."

그녀는 밝은 목소리로 답했다.

"오, 당신을 기억해요. 나는 얀의 아내입니다. 당신이 도와줬던 이야기를 들었어요. 고마워요. 얀이 곧 일어나면 아침식사를 하면서 이 기쁜 소식을 전하겠어요."

나는 봉투에 적혀 있는 주소가 맞는지 여러번 확인하고 전화를 끊었다. 노인은 아직 그곳에 있었다. 얀이라는 이름을 가지고, 부인과 도란도란 이야기도 나누고, 아침밥도 먹고, 늦잠도 자면서.

　나는 눈물을 닦고 내가 가진 가장 커다란 노트와 마커펜을 꺼냈다. 그리고 큼직한 글씨로 미루고 미뤘던 편지를 다시 쓰기 시작했다.

　Dear.

센스의 혁명

인아영

1

장류진의 소설은 말한다. "가르쳐주려고 그러는 거야. 세상이 어떻게 어떤 원리로 돌아가는지. 오만원을 내야 오만원을 돌려받는 거고, 만이천원을 내면 만이천원짜리 축하를 받는 거라고. 아직도 모르나본데, 여기는 원래 그런 곳이라고 말이야."(「잘 살겠습니다」 28면) 이 세계는 정확히 움직인다. 주는 만큼 돌려받는 곳. 딱 한 만큼 대가를 치르는 곳. 플러스와 마이너스가 에누리 없이 계산되는 곳. 합리적인 인간을 상정하고 이윤 추구를 목적으로 삼아 작동하는 자본주의 사회가 장류진의 소설에 기본적으로 구축되어 있는 세계다. 이 철저한 시스템 안에서 생존해야 하는 개인은 일, 사랑,

돈, 취미, 인간관계, 젠더 폭력을 고민하면서 울고 웃으며 살아간다. 이를테면 성차별적인 회사 구조에서 입사 동기와 결혼한 여성 직장인(「잘 살겠습니다」), 스타트업 회사에 다니며 '워라밸'(워크-라이프 밸런스)을 찾는 '사실상의' 막내 사원(「일의 기쁨과 슬픔」), 백화점 매니저로 일하며 처음으로 집을 마련한 무자녀 기혼 여성(「도움의 손길」)이 그런 이들이다. 이 작고 평범한 개인들은 자본주의 시스템의 복잡한 그물망 안에서 어떻게 살아가는가. 이 물음에서 장류진의 첫번째 소설집이 시작된다.

그런데 여기에는 한국문학이 오랫동안 수호해왔던 내면의 진정성이나 비내린 깊이가 없다. 깊은 우울과 서정이 있었던 자리에는 대신 정확하고 객관적인 자기인식, 신속하고 경쾌한 실천, 삶의 작은 행복을 소중히 여길 줄 아는 마음이 있다. 감정에 침잠해 있기보다는 가볍고 기민하게 움직이는 이 개인들은 특별하게 빼어나지도 눈에 띄게 뒤처지지도 않는다. 이들은 대단한 환상을 품게 하는 커리어 우먼이나 거대한 구조와 싸우는 정의로운 투사도 아니고, 그렇다고 이 사회에 적응하지 못하거나 극단적인 고통에 시달리는 인물도 아니다. 다만 노동과 일상의 경계를 명민하게 알고, 일의 기쁨과 슬픔을 조화롭게 이해하는, 이 시대 가장 보통의 우리들이다. 자본주의 시스템에 대한 정확한 이해, 생존과 생활에 대한 탁월한 감각, 삶의 질과 행복을 지키는 센스를 겸비한 장류진 소설의 산뜻하고 담백한 개인이야말로 오늘날 한국문학의 새로운 얼굴이다.

2

장류진의 첫번째 소설집에서 기본값으로 등장하는 인물은 한국 사회를 살아가는 평범한 이삼십대 직장인이다. 일, 사랑, 여가로 삶의 밸런스를 맞추어나가는 이 보통의 직장인들은 한국 청년으로서의 생애주기를 치열하고 성실하게 통과해나간다. 여러 소설에 등장하는 이 청년들을 하나로 이어, 장애물을 뛰어넘으며 한단계씩 레벨업하는 젊은 직장인의 성장서사로 읽어본다면 어떨까.

「탐페레 공항」에서 취직을 준비하는 대학생이 출발점이 될 수 있겠다. 졸업학기를 앞두고 여름방학 3개월 동안 너블린으로 워킹홀리데이를 가는 다큐멘터리 피디 지망생이 그 주인공이다. 스펙, 학벌, 학점 모두 평범한 '나'는 취업시장에서 매겨지는 자신의 조건과 가치를 정확하게 아는 사람이다. 학자금 대출 때문에 해외연수 대신 선택한 워킹홀리데이가 자신에게는 대단한 도전이지만 취업경쟁에서는 시시한 준비운동에 지나지 않는다는 차가운 현실도 말이다. 하지만 더블린으로 가기 위해 경유한 탐페레 공항에서 우연히 만난 핀란드 노인 덕분에 '나'는 이 차가운 현실을 잠시 잊게 된다. 젊은 시절에는 사진작가로 일했지만 지금은 시력을 거의 잃어가고 있는, 백살쯤 되는 노인과 대화하면서, '나'는 "마치 조명이 환히 켜진 세트장"(196면) 안에 있는 듯한 비현실적인 감각과 감동을 느낀다. 노인과 대화하는 동안만큼은 스펙으로 환산되는 희망

직종도 중학생 시절 다큐멘터리를 보며 처음 "사랑"에 빠졌던 순간으로, 핀란드의 오로라처럼 빛깔이 바뀔 수 있기 때문이다.

그러나 소설은 낯선 이방인과의 낭만적인 조우에서 끝맺지 않는다. 한국으로 돌아온 '나'는 다시 현실에 직면하고, 방송국 신입 피디 공채에 줄줄이 낙방한 끝에 외주 제작사와 식품회사 회계팀에 차례로 입사한다. 대학 졸업 6년 만에 다시 신입 피디 공개채용에 도전할까 하다가 결국 포기한 날, '나'는 핀란드에서 만난 노인이 오래전 보내준 사진과 편지를 다시 발견하고 눈물을 흘린다. 그리고 바쁘고 냉혹한 생존을 핑계로 미루고 미루어왔던 답장을 쓰기 시작한다. *"Dear."*(213면) 이 마지막 문장에서 핀란드 노인의 따뜻한 정성과 한때의 꿈이 교차되지만, 소설은 엄청난 회한이나 아쉬움으로 젖어들지 않는다. 백살쯤의 핀란드 노인과의 비현실적인 만남을 추억하면서도, "4대 보험이 어쩌고 하는 말들과 상여금, 특근수당, 연차와 실비보험 같은 단어들"(207면)이 주는 푹신함을 냉정하게 자각하고 있기 때문이다. 타인이 건네는 따뜻한 온도를 잊지 않으면서도 4대 보험의 푹신한 촉감도 무시하지 않는 현실 인식. 이것이 장류진의 소설을 지탱하는 고유한 균형감각이다.

「백한번째 이력서와 첫번째 출근길」에서 그 균형감각은 젊은 직장인의 첫 출근길 장면으로 짧게 스케치된다. 대학 졸업 후 인턴과 계약직으로 일하면서 수많은 이력서와 자기소개서를 써온 '중고 신입' 새내기 직장인에게 첫 정규직 직장으로 향하는 출근길은 설렘과 두려움의 연속이다. 이 주인공도 치열한 취업시장을 거쳐본 청년세대답게 자신의 조건을 수많은 숫자들로 환산하는 계산법으로 살아간다.

연봉도 많이 올랐다. 2,663만원. 그러면 이제 세후 월 201만원. 월세 50, 관리비 7, 공과금 10, 인터넷 1, 핸드폰 요금이랑 할부금 7, 남친은 없지만 혹시 모를 언젠가를 대비한 결혼자금용 적금 55, 그리고 이번에 취직 축하 겸 오랜만에 만난 학교 선배를 통해 가입한 환급형 보험과 실비보험이 12, 새 블라우스랑 구두, 치마, 바지 하나씩 해서 17, 마트에서 식재료랑 생활용품 이것저것 장 보면 7, 이렇게 쓰고 나면 남는 게 35. 앞으로 교통비 포함 하루 만천원씩 쓰는 게 목표였다.(159면)

이제 막 입사한 1인 가구 직장인 미혼 여성에게 연봉과 생활비를 더하고 빼는 계산법은 삶의 기본적인 조건이고, 장류진 소설의 인물들은 정확히 그 안에서 움직인다. 그런 그녀에게 출근길에 테이크아웃 이천원짜리 아메리카노를 마실까 말까, 하는 고민은 마치 첫 정규직 직장 생활의 운명이 걸린 듯한 실존적인 고민처럼 보인다. 최고기온 39도의 폭염 속에 뜨거운 아메리카노가 2000원이고 아이스는 4500원이라는 어이없는 상술을 알고서도 그냥 아이스로 구매하는 결단을 내린 그녀에게 출근길은 이 회사를 오래 다닐 수 있을지, '추합'(추가 합격)이라고, 나이 많다고 무시당하진 않을지, 동료들과 친해질 수 있을지에 대한 고민으로 점철되어 있다. 그러나 잘생긴 이탈리아 대사관 직원을 보고 십만원짜리 적금을 부어서 이탈리아 여행에 갈 계획으로 부푼 그녀에게는 가볍게 튀어오르는 운동성이 있다. "숄더백을 한번 추켜올리고, 한 손에는 아이스 아메리카노를 든 채로. 새로 산 구두 굽 소리가 경쾌했다"(164면)라고 산뜻하게 말하는 그녀는, 한편으로 마치 새로운 욕망과 소비 주체로 의미화되었던 2000년대 칙릿 소설 속 젊은 직장인 여성의 귀환처럼 보인다. 정확한 현실감각과 객관적인 자기인식을 증강하고서 말이다.

「일의 기쁨과 슬픔」에서는 바야흐로 본격적인 직장 생활이 펼쳐진다. 판교 테크노밸리의 소규모 스타트업 회사에서 일하는 평범한 직장인의 애환을 담은 이 소설은 한국문학사에서 '회사소설' 장르를 새로운 버전으로 업그레이드해놓았다. 이 소설이 날카롭게 파악하고 있는 자본주의 회사 시스템은 기본적으로 부조리한 구조적 모순을 내재하고 있다. 효율적인 작업 진행을 공유하기 위한 스크럼이라는 업무관리 기법이 회사 대표의 중언부언으로 매일의 시간 허비가 되고, 수평적인 업무환경을 조성하기 위한 영어 이름 체계가 오히려 위계 있는 직급체계를 새로운 방식으로 재생산하는 식이다. 무엇보다 두드러지는 문제는 '갑질'이다. 자신의 인스타그램에서 클래식 공연 공지를 가장 먼저 선점하려는 회장의 심기를 건드렸다는 이유로 월급 대신 카드 포인트를 받게 된 카드회사 직원의 이야기가 그 핵심이다. 평등하고 세련된 동시대 감각을 따라가겠다는 실속 없는 의지를 비웃듯, 가장 권위적이고 폐쇄적인 위계 구조는 굳건히 잔존하고 있다. 이 시차의 여파를 감당해야 하는 것은 자본주의 시스템에서 '을'의 역할을 벗어날 수 없는 노동자 개인의 몫인 것이다.

그러나 장류진의 소설은 현실의 부조리를 고발하는 데서 그치지 않고, 시스템 속에서 생존해야 하는 개인의 구체적인 삶을 질문하며 한걸음 더 나아간다. 그런 점에서 중고거래 앱 서비스를 통해 포인트를 돈으로 바꾸는 카드회사 직원의 대응은 자못 신선하다. 그녀는 어쩔 수 없는 '을'로 살아가야 하는 모멸감에 울다가, "돈도 결국 이 세계, 우리가 살아가는 시스템의 포인트"(52면)라고 생각을 고쳐먹고는, 직거래로 포인트를 돈으로 바꾸는 방식으로 곤경을 극복한다. 이것은 삭막한 자본주의 사회에서 플러스와 마이너스를 정확하게 계산하고 최선의 밸런스를 찾을 줄 아는 개인의 기민한 응전이자 생존을 위한 센스다. "회사에서 울어본 적 있어요?"(51면)라는 그녀의 질문에 아니라고 거짓말을 했던 주인공 역시 시스템에 맞서 싸우면서 바위에 부서지는 계란이 되지 않는다. 이 소설의 마지막은 회사 생활의 스트레스를 조성진 리사이틀 티켓과 홍콩행 비행기 티켓으로 바꾸며 "조금 비싼가 싶었지만 오늘은 월급날이니까 괜찮아"(63면)라고 하는 '나'의 즐거운 마음으로 장식된다. 이것은 월급의 소중함을 모른 척하지 않고 여가의 행복을 지킬 줄 아는 산뜻하고 담백한 마음이다. 그러니까 장류진의 소설은 4대 보험과 상여금의 푹신함도, 적금으로 떠날 이탈리아 휴가의 기쁨도, 조성진 홍콩 리사이틀의 황홀함도 도외시하지 않는다. 일의 기쁨과 슬픔을 고루 품은 이 소설은 시스템 안에서 살아가고 있는 가장 보통의 삶에 대한 긍정이자, "회사에서 울어본 적 있어요?"라는 질문에 남몰래 고개를 끄덕일 이 시대의 독자들을 향한 위로다.

3

　그런데 이들이 체득한 자본주의의 교환논리가 완벽하게 작동하지 않을 때가 있다. 각자의 욕망과 이해를 가진 사람들이 사는 이 복잡한 세계에는 언제나 예상치 못한 변수가 끼어들기 때문이다. 나름대로 안정적인 직장인으로 성장한 이들의 삶에 특히 여성과 결혼이라는 조건이 깊숙이 개입되면서 빚어지는 인간관계를 밀착해 들여다보는 소설들이 있다.

　「잘 살겠습니다」에는 입사 동기 남자친구와의 결혼을 앞둔 스물 아홉 여성이자 5년차 회사원인 '나'와 동료 빛나 언니의 이야기가 그려진다. 빛나 언니는 결혼준비에 대한 정보를 얻어내려 '나'의 결혼식 사흘 전에 따로 청첩 약속을 잡고, 그러면서도 정작 결혼식에는 오지도 않으며, 본인 결혼식 때는 청첩장만 키보드 밑에 두고 가는 '만행'을 저지른다. '나'에게는 "축의금 오만원 정도의 사이" (23면)일 뿐인 빛나 언니는 '기브 앤 테이크'로 이루어지는 청첩 문화의 기본 공식을 무참히 깨뜨리지만, 그녀에게 특별한 악의가 있어서가 아니다. 그녀에게는 삼십대 초반의 직장인이라면 응당 학습하고 체화해야 했을 눈치와 센스가 놀랄 만큼 부족하기 때문이다. 마케팅팀에 지원해도 되냐는 메일을 눈치 없이 전체 메일로 전송하여 '전체회신녀'라는 별명을 얻고, 확정일자라는 단어도 모르고 자취방을 구하려다 이중계약 사기를 당할 정도로 경제관념이 없으며, 회사 동료에게 신세를 지고도 커피 한잔 살 줄 모르는 것도 마찬가지다. 그런데 '나'는 빛나 언니에게 번번이 당한 억울함에 서로에게 준 것과 받은 것을 꼼꼼히 따지면서도, 결국은 그녀를 응원한다. 소설의 마지막에서 '나'가 답례떡으로 받은 경단을 먹으며 하는 생각은 "빛나 언니는 잘 살 수 있을까. 부디 잘 살 수 있으면 좋겠는데"(33면)라는 바람이다.

'나'는 왜 갑자기 빛나 언니를 응원하는 걸까? 빛나 언니를 바라보며 '나'가 자주 하는 생각은 "나라면 그러지 않을 텐데"(25면)이다. '나'는 빛나 언니와는 정반대로 결혼준비도 야무지게 엑셀 파일로 정리하고, 고수의 눈치와 센스로 무장하여 사회생활을 잘할 수밖에 없는 똑 부러지는 사람이기 때문이다. 이런 '나'가 절대로 모를 수 없는 사실은 젊은 '여성' 사원으로서 직장 내에서 차지하는 자신의 위치다. 여자들만 백오피스에 배치되는 상황에서 "너 잘한다는 소리가 여기까지 들려"(20면)라는 말을 들을 정도로 일해야 원하던 팀으로 갈 수 있었지만, 그럼에도 불구하고 입사 동기인 남편보다 1030만원 적은 연봉을 받아야 하는 위치. 이 불공정하고 차별적인 사회에서 살아온 '나'의 동물적인 눈치와 센스도 어떻게든 보다 나은 조건으로 생존하기 위해 젊은 여성으로서 습득하고 훈련해온 감각이다. 결혼식 전날에도 야근하고, 결혼휴가를 쓰는 것도 녹록지 않으며, 10년 뒤에도 회사에 있을지 알 수 없는 빛나 언니의 조건도 '나'의 것과 다르지 않다. "부디 잘 살 수 있으면 좋겠는데"라는 소설의 마지막 문장은 빛나 언니뿐만 아니라 '나' 자신에게도 향해 있는 바람인 것이다.

「잘 살겠습니다」가 청첩 문화에 깃든 자본주의의 교환논리와 거기서 파생되는 여성 직장 동료 간의 유대를 그렸다면, 「도움의 손길」은 자본주의 사회에 필연적으로 존재할 수밖에 없는 고용자와 피고용자 관계의 미묘하고 복잡한 거리감각을 직장인인 젊은 기혼 여성의 입장에서 포착한다. 이 소설의 주인공은 결혼 7년 만에 신노시 48평 싸디 아파트를 자기 명의의 첫번째 집으로 가지게 된 무자녀 기혼 여성이다. 정유사에 다니는 남편과 살아가는 백화점 매니저 '나'는 대출을 끼고 마련한 이 "집도 내 것이고, 집 안에 있는 모든 것들이 다 내가 고른 것인데, 그런 집에서 내가 살고 있다는 사실만 내 것 같지 않았다"(130면)라는 불안한 소유감각을 가지고 있다. 문제는 이 불안감이 맞벌이 부부로서 어렵사리 가사도우미를 고용하면서 더욱 증폭된다는 사실이다. 자본주의의 위계적인 구조 속에서 언제나 피고용자로 살아온 '나'는 "누군가를 부리는 위치에 있다는 느낌이 불편하고 싫을 것 같"(131면)으면서도 불가피하게 처음으로 노동력을 구매하게 된다. 그런데 가사도우미 아주머니는 이 시스템 안에서 생존하기 위해 확실하고 쾌적한 자기 소유의 무언가를 필사적으로 마련해보려는 '나'의 경계를 자꾸만 침범해 들어온다.

은근한 반말과 가사에 관한 불필요한 조언은 물론이고 불쑥 "애는 왜 아직 없어?"(136면) 같은 사적인 질문을 해 오는 아주머니는 '나'의 불안한 소유감각과 더불어 현대 도시인이 가지고 있는 쾌적함/불편함의 감각을 건드린다. 젊은 무자녀 기혼 여성이 절박하게 계획하고 마련해보려는 안정적인 일상과 결부되었을 때 그 불편함은 더 심화된다. 이는 물론 간단치 않아서, 그녀는 아주머니가 버는 돈이 아들 계좌로 들어간다는 생각에 속이 상하기도 하고, 찬송가를 부르는 등 종교에 헌신하는 모습에 형언할 수 없는 심정을 느끼기도 한다. 그러나 결정적으로 불거지는 것은 작업 시간 약속과 사적인 거리는 지키지 않으면서도, 창틀 청소에 따르는 추가 비용에 있어서만 교환경제의 원칙을 철저히 적용하는 아주머니의 모순적인 낙차다. 그럼에도 "어떻게, 계속하시겠어요?"(128, 135면)라고 거듭 묻는 가사도우미 아주머니의 질문은 이 낙차가 개인적인 차원에서 처리해야 하는 '선택'의 문제로 남겨진다는 사실을 시사한다. 이는 젠더, 계급, 세대, 심지어는 종교의 문제까지 복잡하게 교차하는 조건 속에서 노동자들 간의 관계는 친구와 적, 연대와 갈등이라는 이분법으로 말끔하게 처리될 수 없음을 서늘하게 보여준다.

4

동시대 한국사회를 살아가는 청년이라는 조건은 여성을 둘러싼

폭력이나 몰이해와 맞물렸을 때 조금 더 복잡해진다. 장류진의 소설은 그 복잡한 지형을 때로는 영리하게 때로는 유쾌하게 비틀면서, 여성에 대한 폭력과 몰이해의 밑바닥에 어떤 그림이 그려져 있는지 선명하게 보여준다. 그 밑바닥에는 물론 여성 신체를 대상화하는 천잡한 욕망과 한국사회의 젠더 권력 문제가 뒤얽혀 있다.

「새벽의 방문자들」에는 포털 사이트 관계사에 근무하면서 댓글 모니터링 업무를 맡은 이십대 후반의 여자가 주인공으로 등장한다. 여자가 매일 대면해야 하는 것은 주로 "100% 여대생 만남 보장. 상상 그 이상의 섹*스! 만족하실 때까지 책임지겠습니다. 집이나 보/넬로 픽집 보내드립니다"(167면)와 같은 노골적인 음란 광고다. 이 게시물들은 아무리 찾아내고 지워내도 싱크대 밑, 신발장 아래, 옷장 뒤 어디에든 숨죽이며 번식하고 있는 바퀴벌레와 마찬가지로 그 어마어마한 규모가 파악되지도 척결되지도 않는다. 여자는 오피스텔에 혼자 살면서 택배 알림 소리에도 불안감에 떨어야 하며, 그녀의 시선은 작고 안전한 오피스텔 안에서 현관문 렌즈를 통해 들여다보이는 좁은 공간에 닿을 수 있을 뿐이다.

하지만 소설은 이 시선의 권력을 전복하며 미러링의 상상력으로 나아간다. 새벽 세시마다 처음 보는 평범한 남자들이 초인종을 누르는 일이 반복되자 여자는 소름 끼치는 두려움을 느낀다. 하지만 그들이 오피스텔 성매매를 하러 왔으나 목적지를 잘못 찾은 남자들이라는 사실을 알게 된 이후 메스꺼움을 느끼면서도, 현관 비디오폰의 모니터 카메라에 잡히는 그들의 얼굴을 촬영하고 프린트하기 시작한다. 한번도 가시화된 적 없는 성매매 남성들의 얼굴은 "별일 아니라고 주문을 거는 듯한 태연함, 남에게 들키기 싫은 일을 할 때의 부끄러움, 돌연 술이 확 깨면서 자기 자신을 돌아보는 순간의 주저함, 그러면서도 어쨌든 곧 벌어지게 될 눈먼 섹스에 대한 설렘 등이 복합적으로 섞여 있는"(183면) 모습으로 박제된다. 이 과정에서 여자가 잠시나마 "묘한 우월감"(182면)을 느낄 수 있는 까닭은 시선이 곧 권력이자 정치이기 때문이다. 시선의 권력은 대상을 볼 수 있는 동시에 그 자신은 보이지 않아도 되는 이에게 귀속된다. 보는 자와 보이는 자의 위계적인 구조가 전복되면서, 오직 성적인 대상으로 물화되고 교환되는 여성의 신체 대신 새벽에 남몰래 성매매를 하러 온 남성들의 초초한 얼굴이 내상화된다. 이 소설은 여자가 자신의 집과 혼동되는 B동의 성매매 오피스텔로 찾아가지만, 그곳 역시 평범한 여자 혼자 살고 있는 장소라는 것을 확인하게 되면서 마무리된다. 이러한 결말은 여자가 혼자 사는 거주지가 성매매 현장과 얼마든지 포개질 수 있다는 찝찝함을 손쉽게 해소하지 않고, 성매매와 여성 신체의 대상화 문제가 개인의 사적인 처벌만으로는 시원하게 해결될 수 없는 구조임을 암시한다.

「나의 후쿠오카 가이드」는 여성을 향한 시선의 문제를 남성 화자의 입장에서 재치 있게 비튼다. 이 소설의 주인공 지훈은 외모, 스펙, 자신감 어느 하나 빠질 것 없는 서른셋의 직장인 남성이다. 같은 회사의 법무팀 변호사로 일했던 지유씨가 배우자상을 당하고 퇴사한 뒤 후쿠오카에서 혼자 지내고 있다는 소식을 들은 지훈은 그녀를 만나러 일본으로 여행을 떠나기로 한다. 당시 여자친구가 있었음에도 남몰래 지유씨를 좋아하며 성적 긴장감을 즐겼던 지훈은 이번 여행을 통해 지유씨를 가질 수 있을 것이란 기대에 부푼다. 지유씨에게 청첩장을 받고서도 짝사랑했다는 사실을 인정하지 못해 자신이 지나치게 여유를 부린 탓이었다고 자위하고, "어디에나 있고 마음만 먹으면 언제든 만날 수 있"(74면)는 예쁜 여자들에 비해 지유씨는 눈에 띄는 축도 아니라고 생각하는 지훈에게, 지유씨의 사소한 친절과 배려는 매번 암시적인 호감과 성적인 코드로 변환되어 해석된다. 지훈은 함께 유후인과 후쿠오카를 여행하는 동안 온냥에서 지유씨의 알몸을 가까이서 느끼면서도 짐짓 태연한 척하며 "스물셋이 아닌 서른셋이었으므로, 가장 적절한 시기를 기다릴 줄"(83면) 아는 세련된 남자의 역할을 자임한다.

그러나 나름의 치밀한 계산과 전략으로 틈틈이 그녀와 잘 기회를 노리다가 여행의 마지막 밤에 지유씨에게 거절을 당하자, 지훈의 자신감을 굴러가게 했던 기제가 폭로되기 시작한다. 처음에는 지유씨와 한번 자보려고 하는 게 아니라는 사실을 "모든 진정성을 끌어모아" 설득하고, "여태까지 이렇게, 진짜, 뭔가, 통한다는 느낌이 드는 여자"(95면)는 한번도 없었다며 답답해하다가, 통화를 끊지 않으려 울면서 질척이던 중 분노에 못 이겨 휴대폰을 내던지는 단계를 점진적으로 거치면서 드러나는 것은 지훈의 적나라한 내면이다. 그는 지유씨를 좋아하는 마음이 '진짜'라고 고백하지만, 오히려 지훈의 진정성은 지유씨를 "한번 결혼했던 여자"(96면)라고 낮추어 보고 "이 씨발년이"(97면)라고 욕하는 위선에서 그 실체가 드러난다. 여기에서 지훈이 가진 자신감의 원천이 실은 자의식에 유리한 방향으로 현실을 받아들이는 자족적인 해석 방식이었음이 밝혀진다. 지훈의 눈에 보인 것은 여자 경험도 많고 직장도 잘났고 외모도 괜찮아 아쉬울 것 없는 삼십대 남성을 비추는 거울이었지, 일년 전에 남편을 잃고 일본에서 혼자 살아가는 지유씨라는 사람 자체는 아니었던 셈이다. 그러나 상대방에게 잘 맞춰주는 지유씨의 다정한 센스가 빠져나간 자리에 있는 것은, 실은 여자로부터 매력과 애정을 확인 받는 방식으로만 근근이 자신감을 지탱할 수 있었던 남성의 초라한 내면이다. 소설의 마지막에 지훈이 한 할머니를 거지로 오해하여 종이컵에 엔화를 쏟아붓는 까닭도 그의 자기중심적인 시야가 세계의 모습을 가리고 있기 때문일 것이다. 이렇게 이 소설은 그간 한국문학에서 재현되어왔던 여성을 향한 사랑과 욕망이, 주체의 진정성을 전시하는 자족적인 거울이었을 수 있음을 남성 화자의 시선으로 통쾌하게 되돌려주고 있다.

한편 「다소 낮음」에서 진정성의 세계는 앞 소설들과 달리 예술 시장 안에서 조금 다른 각도로 조명된다. 밴드에서 앨범까지 냈지만 아무도 주목하지 않았던 가수 장우는 어느날 "냉장고 장고 장고 장고 장고 고장은 아닐 거야"(100, 101, 109면)라는 장난스러운 가사의 곡을 만들어 유튜브에 올린다. 그런데 댓글이 만개가 넘어가고 조회 수가 30만을 찍을 만큼 인기를 얻자 중견 기획사로부터 계약 제안도 받게 된다. 하지만 장우는 음악보다는 수익에 관심이 많아 얼른 디지털 싱글 음원부터 내려고 하는 기획사 대표와 타협점을 찾지 못한다. 여전히 음악을 앨범 단위로 듣는 장우는 현실적인 가치나 시대적인 변화에 기민하게 반응하지 못할 뿐만 아니라 성공에 대한 감각도 갖추지 못하고 있기 때문이다. 결국 "내가 추구하는 음악"과 "진짜 제대로 된 곡"(112면)으로 앨범을 만들어보겠다고 다짐하지만 두달 치 연체된 전기요금도 제대로 내지 못하는 장우는 기획사의 러브콜, 여자친구 유미의 사랑, 사람들의 관심을 차례로 잃어간다. 돌아가신 아버지가 사주신, 부피와 전력만 차지하고 효율성은 낮은 냉장고 소리만이 "그제야 자신이 있어야 할 곳으로 누사이 들이온 것 같"(126면)은 편안한 마음으로 위로해줄 뿐이다. 소설에서 내내 두드러지는 숫자감각, 이를테면 사그라드는 장우의 인기와 함께 점점 정체되어가는 조회 수, 좋아요, 싫어요의 수치, 1집 음원이 27,149번 재생되었지만 음악저작권협회로부터는 3만원 남짓한 돈만 입금될 뿐인 상황은 이 시대에 예술이 생산, 유통, 소비되는 방식의 변화를 정확하게 반영한다. 그러나 소설은 그 변화에 발맞추지 못하고 진정성의 세계에 잠겨 있는 장우의 마음을 비웃지 않으며 대신 연민과 안타까움이 뒤섞인 마음으로 조용히 바라본다. 그리고 "장우가 연주하고 부르는 음악이 더 높은 밀도로 한 사람에게 가닿는 모습"(107면)의 뭉클함을 잊지 않고 간직한다. 「탐페레 공항」이 핀란드 노인과의 낭만적인 만남과 4대 보험이 주는 안정감 어느 한쪽에 기울어지지 않았듯, 「다소 낮음」 역시 정확하게 현실을 인식하는 유미의 세계와 '다소 낮은' 곳에 있는 장우의 세계를 고루 품는다.

5

장류진의 소설은 말한다. "잘 살 수 있을까. 부디 잘 살 수 있으면 좋겠는데." 빛나 언니와 '나'에게 동시에 향했던 「잘 살겠습니다」의 이 마지막 문장은 이 세계를 살아가는 우리 모두에게 보내는 이 소설집의 바람이다. 그러니까 아무리 삭막하고 냉혹한 세계일지라도 우리, 부서지지도 먹히지도 말자고, 잘 살아보자고. 장류진 소설의 개인들은 시스템에 무비판적으로 순응하지도, 그렇다고 무모하게 달려들지도 않으며, 일하고 사랑하며 살아가는 작은 슬픔과 행복을 긍정한다.

어쩌면 그간 한국문학은 사회의 구조적인 모순이나 내면의 거대한 심연을 드러내는 개인에게 유난한 값어치를 부여해왔는지도 모른다. 외부 세계와의 불화를 기꺼이 감당하면서 무언가를 추구하는 개인에게 소설의 본질적인 기능과 역할을 기대해오면서 말이다. 그러나 장류진의 소설에 등장하는 산뜻하고 담백한 인물들은 자본주의 시스템 안에서 살아가야 하는 개인들의 작고 평범한 기쁨을 포착해낸다. 그렇다면 장류진의 소설과 더불어 우리는 이제 한국문학의 개인에 대해 이렇게도 사유해볼 수 있겠다. 이 사회에서 을이자 약자인 여성, 청년, 노동자들이 특유의 생존감각으로 시스템을 체화하고 탄력적으로 구부려, 가장 빠르고 정확하게 앞으로 나아가고 있다고 말이다. 이 개인들은 시스템 안에서 노동자로서의 위치를 정확하게 자각하고 작은 행복을 소중히 여기며 그것을 지키기 위해 예민한 센스를 발휘할 줄 안다. 이 센스는 타협이라기보다 응전이다. 삭막하고 불공평한 세상에서 쉽사리 생계를 포기할 수 없는 개인이 시스템을 버텨내게 하는 근력이다. 별이 총총한 하늘이 인간에게 더이상 길을 알려주지 않는 시대를 넘어, 별빛이 보이지 않는 깜깜한 하늘 아래 각자 길을 헤쳐나가야 하는 시대에 봉착한 우리에게 주어진 가능성이다. 지금 한국문학에 새롭게 요구되고 갱신되고 있는 것은 감수성이 아니라 센스의 혁명인 것이다. 그리하여 우리는 장류진의 소설과 더불어 새로운 한국문학 앞에서 이렇게 말해볼 수 있게 되었다.

네, 잘 살겠습니다. 잘 살아보겠습니다.

印雅瑛 | 문학평론가

먼저 이스터에그 몇가지. 「일의 기쁨과 슬픔」에서 두 인물의 휴대폰에 동시에 울리는 알림은 월급이 입금되었다는 알림이다. 「백한번째 이력서와 첫번째 출근길」에서 언급된 화자의 연봉은 작품을 발표할 당시 유명 취업 포털에서 조사한 여성 신입사원 평균 연봉이다. 「새벽의 방문자들」 속 방문자들에 대한 외모 묘사는 내가 알고 있는 실제 인물들의 외양을 그대로 옮긴 것이다.

*

여기 실린 소설들은 모두 회사에 다니는 동안 발표한 작품이다.

돌이켜보니 처음 직장 생활을 시작한 지 꼭 십년이 지났다. 「일의 기쁨과 슬픔」 속 직장인 안나에게 조성진이, 거북이알에게 거북이가, 케빈에게 레고가 있었던 것처럼, 나에게는 소설이 있었다. 월급을 받아 소설책을 사고, 문예지를 구독하고, 유료강좌를 들으러 다녔다. 때로는 연차나 반차를 내고 소설을 썼다. 일 때문에 스트레스 받을 때는 소설을 읽고 쓰면서 위로를 받았고, 반대로 아무리 붙잡고 있어도 소설이 잘 써지지 않을 때는 시간을 들인 만큼은 물리적인 결과물이 나오는 회사 일에서 위안을 얻곤 했다. 그럼에도 불구하고,

소설을 쓰는 일, 그건 내 오래고 오랜 비밀이었다. 그렇게 좋아하면서도, 이상하게 부끄러웠다. 소설에 대해 생각하고 있는 동안은, 늘 누군가 내 귓가에 대고 '네가 무슨 소설을 써? 소설 쓰고 있네…' 라고 속닥이며 피히 웃곤 했는데 그건 슬프게도 나였다. 그래서 절친한 친구나 가족에게조차, 소설을 쓴다는 사실을 꼭꼭 숨겨왔다. 아끼고 좋아하는 사람들과 신나게 웃고 떠들다가도, 내게는 너무도 중요한 나의 일부를 이들은 까맣게 모르고 있다는 사실을 떠올리면 —— 내가 자초한 일이면서도 —— 한없이 외로웠다.

소설가로 데뷔하고 나서 가장 신기했던 일은, 더이상 혼자 쓰고 혼자 보고 마는 것이 아니라 단 한명일지라도 누군가에게는 내 글이 가닿는다는 것이었다. 무섭기도 하지만, 오래 바라왔던 일이다. 그곳에, 닿는 곳에 있어주신 독자님들께 감사하다. 내겐 없는 내공과 침착함으로 이 책을 함께 만들어주신 전성이 편집자님, 애정 어린 해설을 써주신 인아영 평론가님, 다정하고 든든한 추천의 말을 써주신 정이현 작가님께 깊이 감사드린다. 내 비밀을 유일하게 알

고 있던 사람, 고래 꿈을 꿔준 사람, 언제나 최초의 독자가 되어주는 유석에게도 고마움을 전한다.

책을 엮기 위해 그간 써온 소설들을 모아놓고 보니, 등장하는 대부분의 인물들이 —— 주인공뿐만 아니라 서로 싸우거나 대립하는 인물들조차 —— 어느 한구석은 나를 조금씩 닮아 있다. 하지만 이것이 작가 당신의 이야기인가요?라고 묻는다면, 아니라고 대답할 것이다. 나는 겁이 많고, 걱정이 많고, 좀처럼 스스로를 믿지 못하지만 내가 만든 이야기들은 나보다 씩씩하고 나보다 멀리 간다. 그 뒷모습을 지켜보면서, 이제 더는 나 자신을 의심하지 말자고 다짐할 수 있었다.

첫 책을 세상에 띄우면서 '앞으로 이런 소설을 쓰겠다'라는 멋지고 당찬 다짐, 아니면 적어도 '이런 소설을 쓰고 싶다' 하는 작은 바람이라도 내비치고 싶지만. 아무리 생각해봐도 지금으로서는 정말, 계속해보겠다는 마음, 계속 써보겠다는 마음, 그 마음밖에는 없다.

그게 무엇이든, 계속 쓸 수 있는 사람이 되고 싶다.

2019년 가을
장류진

| 수록작품 발표지면 |

잘 살겠습니다 ······ 『현대문학』 2018년 12월호

일의 기쁨과 슬픔 ······ 『창작과비평』 2018년 가을호

나의 우주 히어로기에게 ······ 『무장 웹진』 2019년 3월호

다소 낮음 ······ 『문학3』 문학웹 2019년 6월

도움의 손길 ······ 『악스트』 2019년 9/10월호

백한번째 이력서와 첫번째 출근길 ······ 『릿터』 2019년 2/3월호

새벽의 방문자들 ······ 테마 소설집 『새벽의 방문자들』

탐페레 공항 ······ 『모티프』 2019 신인 특집호(발표 당시 제목 'Do or Do Not')

일의 기쁨과 슬픔

초판 1쇄 발행 • 2019년 10월 25일
초판 40쇄 발행 • 2024년 6월 26일

지은이 / 장류진
펴낸이 / 염종선
책임편집 / 전성이
조판 / 한향림
펴낸곳 / (주)창비
등록 / 1986년 8월 5일 제85호
주소 / 10881 경기도 파주시 회동길 184
전화 / 031-955-3333
팩시밀리 / 영업 031-955-3399 · 편집 031-955-3400
홈페이지 / www.changbi.com
전자우편 / lit@changbi.com

ⓒ 장류진 2019
ISBN 978-89-364-3803-6 03810